疵

花形敬とその時代

本田靖春

筑摩書房

目次

疵

花形敬とその時代

1

〔川崎発〕二十七日午後十一時十五分ごろ神奈川県川崎市二子五六さき路上で、二人組のヤクザふうの男と口論していた男が、二人組の男の一人から鋭い刃物で心臓を突き刺されて間もなく絶命した。通りかかった同番地デパート店員田口義順さん（二五）と、通行中の高校生二人（いずれも十六歳）が、百五十メートル追いかけ、多摩川土手に追いつめたところ、二人組の一人がピストルで田口さんめがけて発射、田口さんは右肺を撃たれて出血多量で重体。犯人たちは待たせてあった黒塗りの乗用車に飛び乗り、別のもう一人の男の運転で東京方面に逃走した。

近所の人から一一〇番の通報を受けた川崎・高津署は全署員を非常招集するととも

に、隣接する中原、稲田両署の応援を得て捜査している。殺された男は持っていた自動車運転免許証から東京都世田谷区船橋町一〇九四花形敬さん（三三）とわかった。

花形さんは東京・渋谷をナワ張りにしている暴力団「安藤組」の大幹部。三十三年六月、銀座のビルで東洋郵船社長横井英樹氏をピストルで撃った「横井事件」では、安藤昇組長の参謀として襲撃計画をたて、東京高裁で殺人未遂ほう助罪などで懲役二年六月の判決を受けた。

その裁判で保釈中には、三十四年六月二十日、七月三十一日と続けて二回も渋谷署員に乱暴を働いてつかまるなど、前科だけでも七犯、二十四回もの逮捕歴がある暴力団員。安藤組長が服役中、安藤組の事実上の親分格となっていた。

渋谷署では、安藤組は横井事件で安藤組長ら幹部が逮捕されて以来、すっかり落ち目だが、Ｉ一家が横浜―川崎―東京とナワ張りをひろげ、渋谷で安藤組とことあるごとに対立、いざこざが絶えず、最近その対立が深刻になってきたため警戒していた矢先だった。（昭和三十八年九月二十八日付け読売新聞朝刊）

住宅で埋めつくされた現在の姿から、戦前の世田谷区粕谷町を想像するのは不可能である。区部に属しているとはいっても、東京の西のはずれに近く、そのころの粕谷町は農村のたたずまいを見せていた。

あたり一帯は、関東ローム層が黒ずんだ地肌をのぞかせる畑の広がりで、単調な風景の中にしいてアクセントを求めれば、めいめいに藁《わら》屋根を抱いて繁みをつくる武蔵野特有の雑木林が、そこここに見られるくらいのものであった。

晴れた日には、真西の方角に富士山が遠望されたが、これを借景というには遥かすぎて、郷土の自慢にはなりにくい。つまりは、何の特徴もない土地柄であった。

そのような粕谷町の麦畑の一劃を矩形に切り取って、東京府立千歳中学校の校舎が建設されたのは昭和十六年のことである。工事の槌音《つちおと》に合わせるようにして、日本は十二月に迫った太平洋戦争の開戦へと歩を進めつつあった。

これより早く昭和十四年二月に、千歳中学校は府立第十二中学校の名称で、赤坂区青山北町に創立されている。そして、同じ年の四月八日、二百五十八人の第一期生を迎えて、最初の入学式が行われた。

この十二中にあてがわれたのは、東横線沿線に新しい敷地を求めて移転して行った青山師範の旧校舎の一部であった。

変則的な仮住まいでの学校発足は、国家が破綻へと向かっていた時代の一つの表れであったといえよう。

取り壊される予定の青山師範跡に十二中が誕生したとき、そこには一年前に開校した十一中（現都立江北高校）が入っていた。

十一中は、ほどなく完成した自前の校舎へ移って行くが、それで二校の同居という変則的な状態が解消されたわけではない。そのあとに、翌十五年に創立された十三中（現都立豊多摩高校）が入り込むのである。

十二中は青山の仮校舎で、さらに二期生と三期生を迎え入れた。

予定された所在地に校舎が建たないうちから、このようにして中学校の増設が進められた背景に、東京の人口膨張がある。それまでの府立中学校といえば、第一に始まって第十に終わる十校を数えるだけであり、急カーブを描いて上昇する首都への人口流入は、それらの門戸を年ごとに狭めていた。府当局は、深刻化する進学難への対応を早急に迫られていたのである。

ちなみに、敗戦時における都立中学校は二十四校であった。普通科の男子校だけでも、八年間に十四校が新設されたのである。職業科や女子校を加えると、かなりの数にのぼるであろう。

戦争目的がすべてに優先していた時代にあって、そのような学校づくりが設備の面で粗製乱造になったとしても不思議はない。中国大陸で消耗を続けていたところへ持って来て、物量を誇るアメリカが相手の戦争である。中学校の建設に充分な資材が回されるはずもなかった。

昭和十六年の新学期から府立中学校はそれぞれが属する地域の名を冠した校名に改められ、まだ青山にあった十二中は、落ち着き先の最寄りの駅となる京王線の千歳烏山にちなんで、府立千歳中学校と改称される。その年の七月、新校舎の第一期工事が終わった段階で、青山を引き払い世田谷に移転した。

ようやく借り物ではない校舎での生活が始まるのである。しかし、その日を待ち望んでいた生徒たちは、麦畑の真ん中にぽつんと立つ、木造二階建て校舎一棟に講堂だけというみすぼらしい学舎を目のあたりにして、一様に落胆を味わわなければならなかった。

校門もなければ、校庭の囲いもない。農道の行き止まりに立てられた二本の木製の柱が、敷地のはじまりを示しているだけであった。

当初の計画では第三期工事まで予定されていたが、移転の五カ月後に太平洋戦争が始まって、世田谷における唯一の府立中学校は、それにふさわしい体裁を整えることが出来なかった。第二期工事以降が打ち切られてしまったのである。

緒戦の勝利に酔っていた昭和十七年が過ぎて、新しい年が明けると、太平洋方面の戦況がにわかに悪化して、一月二十八日のソロモン群島ガダルカナルからの日本軍撤退を契機に、米軍ががぜん反攻に転じる。その年の四月、千歳中学校に五期生二百五十人の一人として、白面、長身の少年が入学した。花形敬である。

花形敬というのはもとより本名であるが、その上に彼の後年を重ね合わせると、それがあたかもプロボクサーのリング・ネームのように、肉体と肉体との闘いの場における彼の存在感をひときわ引き立たせる目的で、工夫して作りだされたもののように思えてくる。

復員軍人、特攻隊帰り、予科練崩れ、外地引揚者、浮浪者、戦災孤児、朝鮮人・台湾人徴用工、かつぎ屋、闇屋《やみや》、故買商、娼婦、シケモク売りの少年、ヤクザ、すり、かっ払い、追い剥《は》ぎ、強盗……それら流民、窮民がその日の糧を求めてごった返す焼け跡・闇市の時代に、東京の盛り場渋谷を足場にして暴力の世界でのし上がった彼は、その時代を表徴する「花形」であり、周囲に畏《い》「敬」される存在であった。

彼の名前は、非業の死をとげてから満二十年になるいまもなお、極道者のあいだで、喧嘩の強さにかけて花形の右に出るものは、過去にいなかったしこれから先もたぶん現れない、といったふうに、感慨をこめて語られている。

暴力が忌むべき反社会的行為であることは論をまたないが、体制が崩壊して法と秩序が形骸《けいがい》化し、国家権力の行方さえ定かではなかった虚脱と混迷の時代を背景にした暴力を、国民の八割までが中流意識を表明する今日の感覚で捉えたのでは、何も見えてこない。

東京の闇市にひしめいていたのは、ひとしく飢えていた人びとであり、焼け跡には良民とアウトローを分ける明確な境界線は引かれていなかった。

したがって、暴力団幹部といえども、彼を時代から抹殺するいわれはない。むしろ、花形敬を採り上げることにより、「戦後」に至る昭和史の一つの側面が浮かび上がってくるはずである。

私にとっての花形は、千歳中学校における二年先輩であった。彼を暴力の世界に、私を遵法《じゅんぽう》の枠組内に吹き分けたのは、いわば風のいたずらのようなものであった。

ごく短い期間であったにせよ、花形と私は一つ屋根の下にいて、時代を分け合った。彼について語るとき、私が抱き続けている、飢えてこそいたが、人間臭さが立ちこめ、解放感に満ち溢れていた「戦後」への郷愁と無縁ではあり得ないのである。

花形敬は小田急線経堂駅に近い東京都世田谷区船橋町の旧家に生まれた。花形家といえば、土地に古い人ならだれでもその存在を知っている。

菩提《ぼだい》寺である豪徳寺の常徳院を訪ねると、花形家歴代の墓に天正（一五七三〜一五九二）の年号を見ることが出来る。

一族の血筋をさかのぼれば、武田二十四将の一人に行きつくのだという。甲斐国から落武者となって流れついたと言い伝えられる先祖の詮索はともかくも、明らかにされているだけで二十代、四百年にわたって続く花形家が、世田谷の有数な旧家である事実は動かない。

本家の血筋を引く花形すが子は、幼いころ祖母から自慢話をよく聞かされた。家から現在の京王線下高井戸駅前まで直線距離にして約一・五キロの間、他人の土地を踏まずに行けた、というものである。

花形家は一巡するのに半時間はかかるという宅地の中に、テニス・コートを持ち、門番まで住まわせていた。

その祖母の連れ合いが花形家十七代の当主で、花形敬の祖父にあたる長之助である。彼は土地の政治に重きをなしていて、戦争の激しいころ、仕込杖をついた壮士風の男たちが足繁く彼のもとに出入りしていた。

長之助の長男は明三といって、その名前が示す通り明治三年の生まれである。翌年、一帯は品川県から東京府荏原郡に編入された。そのかげに長之助の働きがあったといわれる。

明三は早稲田大学の前身である東京専門学校を卒業したあと家督を譲られて、資本主義勃興期に牽引車の役割を果たすことになる繊維産業に目をつけ、人造絹糸の製造に大々的に乗り出した。着眼点はよかったのだが、技術上、まだ解決されていない問題が多く、失敗して父祖伝来の土地をかなり手放す羽目になった。

それでも、青山六丁目に敷地五百坪の豪邸を構え、尾張町に店舗を持って、マニラから輸入したカーペットやカーテンを販売していたというから、花形家の財力のほどがしのばれる。

明治四十五年三月、明三が数えの四十三歳で若死にし、半年後の九月、彼の妻も後を追うようにして逝った。二人のあいだの一男二女は本家に引き取られたが、翌大正二年、男の子と長女が相次いで夭折《ようせつ》した。残されたのが、明治四十三年四月生まれで数えの三歳だった前出の花形すが子である。

彼女は本家にいた女中の一人に背負われて、その知り合いの家に預けられた。そして、六歳のとき、本家に戻される。長之助の死がきっかけであった。

すが子が祖母から聞いた話によると、長之助は別当つきで迎えにくる四頭立ての馬車に乗って、毎日、宮内省に出仕していたが、その馬車で宮城から退出して来たところ、通りかかった市電にぶつかって、事故死したのだという。この祖父がどういう役職にいつごろからついていたのか、すが子は知らない。

しかし、祖母が紋付きの胸に十六弁の菊の紋章をつけて、一般には入場が許されていなかった新宿御苑での観桜会や観菊会に出掛けていたのはよく憶えている。

本家に呼び戻されたすが子は、長之助の遺志により、明三の弟の武平が後見人に立って戸主となった。

武平も明三と同じ東京専門学校の出身だが、兄の事業の失敗が彼を消極的にさせたのか、これといった仕事にもつかず、本家のそばに敷地三百坪の家を建て、朝から好きな酒に親しんで安逸な生活を送っていた。その家を建てたとき、地ならしのために掘り返すと、土の中からカメにおさめられた小判がかなりの量、出て来たという。

すが子は十六歳で廃嫡となり、武平が花形家の家督を継いだ。明三が十八代で、実質的にはすが子に代わる十九代の当主ということになる。

その武平のもとに、経営難に陥った地元の第一女子商業という学校が助力を求めてきたことがある。武平は頼まれるままになにがしか土地を売って、再建のための資金を注ぎ込んでやったが、頽勢《たいせい》を挽回することができずに終わった。

兄明三がかなりの土地を失ったとはいっても、地元の学校から資金援助を求められるあたり、花形家の財力はまだまだ付近で際立っていたのである。

第一女子商業の跡を買い受けたのが恵泉女学園で、いまも花形家のそばにあり、短大にまで続く学園を形づくっている。

武平の下が花形敬の父親となる正三である。

明治十七年に生まれた正三は、早くから海軍士官を志し、海軍兵学校への近道とされていた海城中学校に通うため神田に下宿した。当時、世田谷には電車もバスも通じておらず、明三と武平も学生のあいだは、東京市内の下宿から通学したものである。

正三は海軍兵学校を目指して猛烈に勉強したが、それが裏目に出て近眼の度が進み、彼ののぞみは絶たれた。そこで思い立ったのがアメリカ留学である。

まず、海軍に憧れ、それが駄目だとなると、今度は海外を目指す。こうした正三の外向性は、こもりがちな武平とは対照的で、のちにその負けん気の強さとともに、花形の体内に受け継がれる。

正三は中学校を終えてから外国語学校で英語を学び、頃合をはかって父長之助にアメリカ留学の許しを求めた。それを聞いて長之助が激怒する。

「悪いことをしたわけでもないのに日本にいられないような奴は、おれの息子じゃない。勘当だ」

というのである。

それでも正三はアメリカ留学をあきらめなかった。結局、母親が隠れて資金の面倒を見、明三と二人で横浜港に彼を見送った。

正三が、単身、乗り込んで行った先は、西海岸のシアトルであった。

さらに本格的な語学力を身につけるため、彼は小学校の高学年からやり直し、努力の甲斐があって、土地の名門校ブロードウェイ・ハイスクールに進学できた。この学校では、学年から五人の優等生が選ばれる。そのうちの二つを、正三ともう一人の日本人が占めた。

正三の次の進学先は、ワシントン州立大学であった。すべてが順調に進むかに見えたとき、彼は肺結核を病み、中途退学を余儀なくされる。学園を去って療養生活を送るうち、シアトルのキャディラック・ディーラーに勤めることになった。

大正六年、父長之助死去のしらせを受けて、正三は一旦帰国する。このとき、彼は三十三歳でまだ独身であった。すすめる人があって見合いをし、結ばれたのが美以である。

美以は明治二十七年に、長州萩の旧士族である来須家の一人娘として生まれた。上京して来たのは、明治天皇のあとを追って乃木希典《まれすけ》夫妻が殉死したときだというから、数えで十九の年である。

同じ萩に玉木家というのがあって、軍籍に身を置くそこの当主、玉木正之は、母一人を郷里に残し、いまの世田谷区役所の近くに居宅を構えていた。

萩の玉木家は河原に面していて、ちょっとした長雨にぶつかると、床に水が上がってくる。女の一人暮らしでは不安だというので、懇意にしていた美以の両親が身辺の面倒を見ることになって同家に入った。彼女が三歳のときである。

正之の父は文之進といって乃木将軍の実弟だが、玉木家に跡継ぎがいなかったため、その養子に入った。

伯父にあたる将軍の自刃の報を、正之は金沢の演習場できいて、遺骸の枕頭にかけつける。萩にいた美以が上京したのは、正之の要請を受けて、ごった返す世田谷の玉木家を手伝うためであった。そしてそのあとも、乞われるままにとどまっていたのである。

当時としては適齢期を逸しかけていた美以に、周囲が心を配っていたのであろう。アメリカにいて、これまた結婚の時機を失していた正三との縁談は、とんとん拍子に進んだ。

正三が新妻を伴ってシアトルに戻ると、彼が大学時代にスクール・ボーイをしていたとき、その人柄を見込んだ大学関係者が奔走してくれて、高級住宅地にある裕福な金物卸商の邸宅の一部を借りることができた。

正三の案内で彼の母校ブロードウェイ・ハイスクールを訪ねた美以は、廊下の一隅に夫が優等生であったことを示す「SHOZO HANAGATA」のネームを刻んだプレートを見つけ、誇らしい思いで眺めた。

美以はほどなく身ごもる。出産に備えて独立した家屋をさがそうとする二人を、家主は何度も引き止めた。そのたびに、初産を控えた美以の身体をいたわって、果物が箱ごと運びこまれるのであった。

排日の気運が強い西海岸だったが、そうした善意に包まれていて、美以には目にするすべてが新鮮に感じられた。

富豪である家主が、嬉々とした様子で台所のものまで買い出しに出掛ける姿を微笑ましく見た。

小学生の息子は、小遣いを一セントも与えられておらず、必要とあれば、日曜日に薪運びなどをして、労賃を得るのであった。

「いちばん貧乏なころに、たいへん質素な萩で育った」美以には、それもまた、好もしい光景であった。

シアトルでの夫妻は一男二女に恵まれて満ち足りた生活を送っていたが、その平穏が破られるときがくる。正三の肺結核再発が直接のきっかけであった。

外では、日に日に、日本人排斥の声が高まっていた。ひと思いに見切りをつけた二人が日本へ引き揚げて来たのは、関東大震災の翌年であった。

いま美以が老後を送る経堂の家は、豪壮というのはあたらないにしても、冠木門《かぶき》から続く生け垣の端に枝折戸を配して、相応の構えを見せている。和風に造られた全体の中で、リビングルームに通じるスペイン風のアーチと、裏庭の池に面したサンルームが、アメリカ暮らしの名残りということになるのであろうか。

夫妻はこの家で、さらに二男一女をもうけた。六人きょうだいの末っ子として昭和五年に生まれたのが花形敬である。

正三が四十六歳、美以が三十六歳と、遅くなってからの子だったが、とりあげた助産婦が感嘆するほど大きな嬰児《えいじ》であった。

仮定のことは、個人に関してであろうと、国家についてであろうと、その歴史を語ろうとするとき、まったく無意味ではあるのだが、正三に結核の再発がなく、日米間に戦争が起こらなかったとしたら、敬の生涯もかなりかわった展開を見せていただろうと思わないわけにはゆかない。

敬は、両親の帰国後、日本で生まれたために日本人となった。もし、シアトルで生まれていたら、自動的にアメリカの市民権が与えられていたことになる。

敬の長兄は、戦後、英語を活かして進駐軍のクラブに勤めていたが、そのうちアメリカへ渡って、美以のもとに便りもよこさなくなってしまった。つまりは、日本を捨ててアメリカ市民の道を選んだのである。

進駐軍で来ていた日系二世と結ばれた次姉は、敬の仲間たちのあいだで評判の美人であった。こちらはロサンゼルスにいて、日本料理店を開いている。

その長女は、青山学院の高等部に「留学」し、卒業後は祖父正三が学んだワシントン州立大学で数学を修めた。

もう一人のシアトル生まれである長姉は、戦時中、満拓の牡丹江支店長をしていた、東北帝大出の宮川艇吾に嫁いだ。

日本の敗戦を目前に、満洲へソ連軍がなだれこんで来たとき、新京の本社へ呼ばれて行った夫と離ればなれになった彼女は、身重な身体に乳呑児を抱えて、ハルピンへ逃れた。夫の叔父にあたる宮川船夫がハルピン総領事をしていたからである。

だが、そこも、身の休まる場所ではなかった。ソ連軍の迎えの車に乗せられた総領事はそのまま行方不明となった。

彼女は掠奪と凌辱と殺人が横行する無法地帯をくぐり抜けて新京にたどりつき、再会した夫に付き添われて引き揚げてくるのだが、敗戦時の辛酸に健康をむしばまれて、三十八歳の若さで逝った。

平時でもそうであろうが、時代が大きく揺れ動くときはなおのこと、個人の意思など激流に翻弄される木端舟のようなものである。自分の人生が、どこを流れ、どこに終わるかを、いえる人はいない。まして時代は、個人の選択によらないのである。

昭和十二年といえば、七月七日の蘆溝橋事件が思い出されるが、花形敬はその年の四月、子供の足ではゆうに三十分はかかる塚戸小学校に入学した。

そのころ、塚戸のあたりは、揚雲雀《あげひばり》がさえずる田園風景の中にあったが、そうしたのどかさと裏腹に大陸の戦火は拡大するばかりで、昭和十六年十二月八日、ついに太平洋戦争が勃発するのである。

その年の正月が明けると、四年生の三学期を迎えた花形は、自宅のすぐそばに開校した経堂小学校に移った。

この新設校は、塚戸小学校のほか、第二桜（現桜丘）・第二松原小学校など、地域から遠方の学校に通っていた児童を集めたが、上級学校進学者への配慮から五、六年生は編入されず、花形ら四年生が最上級生となった。

クラス編成は各学年とも男、女それぞれ一組ずつとなっていて、四年男子組の担任を命ぜられた小尾智三教諭は、級長に花形敬を、副級長に内藤和夫を指名する。内藤は第二松原小学校からの編入組で、自身が認めるように、そこでの餓鬼大将であった。

寄り合い世帯であるクラス主導権をめぐって、彼は塚戸小学校のリーダー格であった花形と、二週間ばかり、暗闘を続ける。その対立に決着をつけたのが、小尾教諭であった。

「じゃあ、どっちが強いか、グラウンドでやってみろ。そうすれば気がすむだろう。先生が立ち会おうじゃないか」

この闘いで、内藤によれば、「勉強も一番、スポーツも一番」という花形の立場が確定する。

当時さかんになされていた言い方に多少の誇張を加えると、花形は「文武両道」に秀でた理想型の少年だったといえるのかも知れない。

彼は知能においてすぐれていただけではなく、学年のだれよりも体格が図抜けていた。これなら、子供の世界では、こわいもの知らずである。このことは、彼の後年を占ううえで見逃せない点であろうと思われる。

もう一つ、経堂小学校で、花形が二年余にわたって最上級生をつとめたということにも留意しておかなければならない。彼は自他ともに認める「お山の大将」なのであった。

その花形が、喧嘩を通じて近隣で頭角をあらわして来たのは、小学校を移ったあたりからである。だが、彼の持てる力が、無鉄砲に発揮されたというのではない。少し離れた廻沢小学校に名うての腕白小僧がいて、この子が、何かにつけて経堂小学校の生徒をいじめにかかる。

そのころ子供の世界では小学校間の対抗意識が強くあって、陰に陽につばぜり合いがつきものであった。そうした風潮の中で五、六年生を欠く新設の経堂小学校は、クラスの数も少なく、いじめっ子にとって気楽な攻撃目標であったに違いない。

学年が一つ上のその腕白小僧に、経堂小学校を代表して立ち向かったのが花形であった。仲間がいじめられたときくと、彼はその腕白小僧を捜し求めて、見つけたが最後、どこまでも追い回した。

身長をとっても、胸囲をとっても、年長の相手を凌駕《りょうが》する花形である。かなわぬとみたか、彼の姿を認めると、少年は自分の家に逃げ込むようになった。

美以がそのことを知ったのは、ある日の夕刻、少年の父親の訪問を受けてからである。

玄関に声がするので立って行くと、そこに見知らぬ男がいて、

「敬さんはいますか？」

という。

花形は外から戻って来て、ちょうど風呂に入っているところであった。

「いま、お風呂なんですけど。うちの敬に何かご用でしょうか」

男は、それには答えない。

「待ってますから、敬さんをここへ出して下さい」

その口振りが、ただならぬ様子なのである。美以は風呂場に息子を呼びに行った。

「ああ、あいつの親父だな。わかった。いま行くから待っててもらってよ」

悠々と湯を使った花形は、くだんの男を玄関に立たせておいて、やおら姿をあらわした。

「何だって、あんたは、うちの子を追い回すんだ。あんまりやられるもんだから、最近では、こわがって学校にも行きたがらないじゃないか。いったい、何をしたというんだ。うちの子が」

激昂《げっこう》した男は、のっけから、かみつかんばかりの勢いである。

それを受けて花形は、諄々《じゅんじゅん》とそこに至る経緯を説く。きいているうちに、男の口調が、しだいに改まって行った。

男が引き揚げる際の挨拶はこうであった。

「この頭で、この態度で、息子さんはきっと立派な人になりますよ。お母さん、楽しみですね」

私が美以を取材の目的で訪ねたのは、夏の暑い盛りであった。八十歳をとうに越える彼女は、家政婦の案内で通された私を自室に迎え入れると、それまで寝ていた敷き蒲団を家政婦の手助けで二つに折り、畳の上に端座して、私がいくらすすめても横になろうとしなかった。

美以は老人性白内障で失明しており、家政婦が運んで来た麦茶のグラスをさぐる手元こそあぶなげであったが、背筋をきちんと伸ばした姿勢に、いかにも士族の生まれ育ちと思わせるものがあった。

「敬は本当に心のきれいな子でしてね。自分のいいこともわるいことも、私には何一ついったことがないんですよ。

冬、教室のストーブの周りで、みんなして騒いでいて、入っていらした先生が、『いま騒いでいたのはだれだ！』って怒鳴ったら、手を上げたのは敬一人だったといいます。

そこで、昼休みになってから、先生がワシントンの話をなさったのだそうです。桜の木を切ったあの話ですね。そしたら、われもわれもと手を上げた。そういうことも、先生がおっしゃって、私には初めてわかるくらいのものでしてねえ」

ある日、気分のわるくなった級友を、花形は休み時間に、自分の自転車の荷台に乗せて、家まで送って行ってやった。そのため、次の授業の開始に、間に合わなかった。

事情を知らない小尾教諭は、花形に拳をふるった。

「級長ともあろうものが授業に遅れるようでは仕方がないじゃないか」

というわけである。

殴られた花形は弁解しない。その場はそれで終わった。

翌日、花形に送られた級友の母親が、小尾のもとに礼をいいに来て、花形の遅刻の原因が明らかになった。今度は担任が、花形家に詫びに出掛ける番である。

「そのときだって、先生がみえたから知ったようなわけでしてねえ。あの子は、そういう子だったんですよ」

話し終えて美以は、見えない両眼を廊下越しに遠くへ向けた。いまは寝たきりだと聞く年老いた母が、しばしの沈黙のあと、半ば独り言のように漏らした言葉が、私の耳の底に残っている。

「あんな殺され方をしちゃって――。時代が悪かったからねえ」

原芳雄（第百生命常務）は、東京農大に近い第二桜小学校から、花形と同じ時期に経堂小学校へ編入された一人である。彼はそれによって小田急線の線路越えの通学から解放された。

経堂小学校にぶつかる通りの正門に向かって左側が花形家のある船橋町で、右側が原の家のある経堂町になっており、両家はせいぜい五百メートルしか離れていないが、原が花形の存在を知ったのは、学校が一緒になってからである。

卒業まで彼らの担任を務めた小尾教諭は山梨県の出身で、二日酔いで登校して来ては教壇に水を運ばせるなど、人間味豊かな教師であったが、時代風潮を反映してか、児童に接する態度は厳格そのもので、授業に物差しを用いてのお仕置きがつきものであった。

小尾教諭は花形たちが六年生の年の夏休みに、五、六年生の男子を十人ずつに分けて、交替で学校の宿直室に泊まり込ませた。度胸試しで胆力をつけさせるのがその目的である。

夜中の一時過ぎに叩き起こされた子供たちは、まず電灯を消した真っ暗な校舎内を一巡させられ、それが終わって本番に臨む。

経堂小学校のすぐ裏はちょっとした田んぼで、その先が大東京生命の東風寮という厚生施設を囲む鬱蒼《うっそう》とした森になっており、その森を突っ切ったところに墓地があった。

一人が暗闇を抜けて、墓地の中の指定された場所に持ち物を置いて戻ってくると、次の一人が出掛けて行って、それを持ち帰らなければならない。その順送りなので、ごまかしはきかないという寸法である。

こういう場面は花形にとって得意の出番であった。怖《お》じ気づいて尻込みする級友もいる中で、彼は弾むように駆け出して行き、だれよりも速く駆け戻った。

朝がくると、参加者全員で近くの神社の境内を清掃して解散する。花形たちの世代の少年期は、そういう時代とともにあった。

「花形の先生に対する態度は折り目正しくて、たしかにわれわれの大将ではあったんですが、仲間内といいますか、そういう連中に対しては、喧嘩をしたことはないですね。外部の方で他所者《よそもの》に対しては活躍していましたけどね」

と原はいう。

その夏休みが終わって、中学受験が近づくと、経堂小学校の別の学年の担任が、花形と原の家庭教師についた。こういう形はあまり一般的ではない。原によると、双方の親がともに父兄会の役員をしていた関係で、学校側が特例として認めたようである。受験指導は週一回で、花形と原の家を交互に使って行われた。それで花形家に出入りするようになった原は、当時としては珍しい同家のモダンな雰囲気に別世界を見た。廊下沿いの、白ペンキで塗った丈の高い手すりが、いまも彼の網膜に鮮やかに残っている。それは、彼が初めて目にした「アメリカ」であった。

そのころ家庭教師を子弟につける家は稀であった。それだけのことはあって、花形は千歳中学校に、原は日本学園に合格する。それぞれの志望通りであった。

経堂小学校から花形のほかに内藤ら数人が千歳中学校を受けたが、合格したのは花形だけであった。

この時期、千歳中学校は設備の劣る新設校であるにもかかわらず、入学の難しい学校になっていたのである。

青山での十二中のころ、父兄層は種々雑多で、一方に大学教授がいるかと思えば、片方に工場主がいて、そのあいだには呉服屋や待合の経営者も混じるといったふうであった。

だが、世田谷に移ってからは、はっきりした変化があらわれた。その主力が新宿、渋谷以西のサラリーマン階層にしぼられてきたのである。

戦中からの古参教師によると、戦争末期には、父兄のおよそ三分の二が、大学、高専の学歴を持っており、「財産はないけど意識は高い」という特色をあらわすようになった。

私と同期である七期生の場合を例にひくと、評論家大宅壮一の長男、歩《あゆむ》や、結核の最高権威とうたわれた隈部《くまべ》英雄の長男、英一などがいた。

こうした父兄層の変化は、東京の旧市街地が稠密《ちゅうみつ》化した結果、郊外である世田谷がようやく新興住宅地としてひらけつつあることを意味していた。

花形と同期である林駿一（中部日本新聞東京本社前編集局長）は昭和十四年春、小学校三年生の新学期を前にして、家族と一緒に名古屋から世田谷の宇奈根町に移り住んだ。関西電力の前身である大同電力に技師として勤め、木曽川水系の開発に従事した父親が、海軍に招聘《しょうへい》されて太平洋に浮かぶポナペ島の水道工事を手掛けることになり、その関係で東京へ転居したためである。

林は東宝撮影所に近い砧《きぬた》小学校に転入した。宇奈根はかつて砧町が村制を敷いていたころ、その字《あざ》の一つであった。当時、いまは喜多見町を名乗っている砧浄水場のあたりは、多摩川の氾濫でしばしば水浸しになった。そうした折、一帯の住民は高台にある宇奈根に避難して来たという。

林は東京へ移り住むにあたって、名古屋以上の大都会を期待していたが、砧小学校の級友の大半は農家の子であった。宇奈根の人びとのあいだに砧を指して「本村」という言い方が残っていたことでも明らかなように、東京とは名ばかりの、田舎なのであった。

地つきの子供たちは、少数派である林ら新来者を何かにつけていじめた。地方の至るところで見られた閉鎖的で排他的なローカリズムが、子供たちの世界をも支配していたのである。

農家の子はおおむね小学校から高等科に進んで、中学校へは行かない。ホワイト・カラーの子とのあいだには、はっきりした階級的差別があった。それに対する反発が、なおのこと他所者いじめを陰湿なものにした。

林は千歳中学校に入学して、やっと他所者意識から逃れられる。なぜなら、学年のほぼ八割までがホワイト・カラーの子弟であり、その中には彼と同じような新来者が少なからず含まれていたからである。

たとえば角田釟彦（東急鯱バス専務）がそうであった。彼は昭和十二年、小学校進学の直前に大阪から世田谷一丁目に移って来た。父親が東急の前身である玉川電燈に勤めていた兄の引きで職を得て、転居したのである。

角田の次の発言にも、都会っ子である彼が世田谷の土地っ子に覚えた違和感が表れている。

「そのころは、ほんとに〝世田谷村〟でしてね。〝東京の人〟という垢抜けた感覚は、せいぜい、渋谷、目黒までだったんじゃないですか。

私は上町にある桜小学校に入ったんですが、クラスは土地っ子とわれわれみたいのと半分半分で、そういっちゃわるいんだが、地つきの子供たちは、たいがいハナ水を垂らしていましたね。何しろ、パンツのまま学校へくるんですよ。パンツがイコール、ズボンというわけなんです」

角田が住んだ世田谷一丁目は、宇奈根町からすると、はるかに渋谷に近い。それでも、土地の雰囲気は半ば田舎に通じるものがあった。

地理的にそのほぼ中間にあたる小田急線祖師ケ谷大蔵駅前で洋菓子店「ニシキ屋」を経営する西田喜正も五期生の一人である。

彼の場合は、父親の代から地元で商売をしていて、世田谷の生まれではあるが、厳密な意味では土地っ子といえない。しかし、千歳中学校で商店の子は、農家の子とともに少数派に属しており、どちらかといえば地つきの方に近い立場であった。

西田が進学するとき、彼が通っていた祖師ケ谷小学校では、成績が学年の五番以内に入っていないと、千歳中学校を受けさせてもらえなかった。級長を務めたこともある彼は、六年生で懸命に五番を確保して、念願の受験資格を得た。

「このあたりで、千歳に入ることの誇りはたいへんなものでしたよ。なぜだかわかりますか。われわれはほとんど陸士か海兵を狙っていたからです」

この西田の言葉には、補足が必要である。

千歳中学校の初代校長は本村伝吉といい、彼は東京府の視学をしていたが、十二中の創立にあたり三十代の若さで、最年少の府立中学校長として抜擢《ばってき》された。「鬼瓦」という生徒に奉られた綽名《あだな》が、その峻厳な人となりを言い当てている。

京王線千歳烏山駅を降りて南へ向かうと、家並はたちまち切れて、そこから一キロの間、ただ畑の連なりである。青山の仮校舎にいて、この不便な場所を、わざわざ新校舎の適地として選び出したのは、本村校長であった。

彼はスパルタ教育の信奉者であり、朝、夕、十分でも十五分でも歩かせることが、生徒の身心の鍛練につながると信じていた。

もし、さらに駅より遠い敷地が求められれば、彼は迷わずその方を選んだに違いない。しかし、千歳中学校からなおも南下すると、小田急線祖師ケ谷大蔵駅に近づいてしまう。宅地化が進む世田谷の中で、粕谷町は、彼が見出した、もっとも足の便のわるい場所だったのである。

はろばろと　目路《めじ》の限りを
武蔵野に　陽は直射《たださ》して
千歳なる　学びの庭に
丈夫の　のぞみあかるし

本村伝吉の作詩になる校歌「健児の歌」は、風景としてそこにうたいこむべき何物もないことを告白しているようなものである。粕谷の里の千歳中学校は、東京高師出身の気鋭の人、本村伝吉にとって、存分に絵筆をふるうことが出来る、おろしたてのキャンバスのようなものであった。

枠組をはみ出さないかぎり、そこに何を描くかは、彼の裁量なのである。元々が国語の教師で、ご多分にもれず国粋主義者である本村に、すすめても、時流を逸脱する気遣いはなかった。彼はデッサンを、軍国主義教育に求めた。伝統の浅い千歳中学校だったが、花形ら五期生を迎え入れるころになると、その方面では都内で屈指の優秀校として頭角をあらわすに至る。

一つの尺度は、軍事教練の査閲である。千歳は続けて上位を占めた。もう一つ、評価を決める目処《めど》として、陸軍士官学校、海軍兵学校への進学率がある。戦争末期には、それまでの実績が認められて、陸士、海兵に各二十五名の枠を与えられるようになった。

五期生の入試に筆記試験はなく、体力検定と面接だけが行われた。学力の方は、受験生のすべてが級長か副級長の経験者だから、内申書による判定でこと足りたのであろう。

体力検定では、横木渡り、懸垂、俵運び、城壁登りの四種目を課せられた。

「城壁登りで跳びついたまではよかったのですが、滑り落ちそうになりましてね。左手の中指の第一関節だけが、やっと上に引っ掛かったんです。それで必死によじ登って――。私の場合は中指一本で入ったようなものですよ」

西田は、四十年前の思い出を、ついこのあいだのことのように話す。よほど千歳中学校に憧れていたに違いない。

十三中の一期生である下川湊（読売新聞大阪本社写真部）は、青山時代に一緒だった十二中の印象を「まるで幼年学校のようだった」といい、こう語る。

「ただ歩いていても、十二中の生徒は歩き方からして、ぼくらとまるきり違いましたね。気合が入っているというのか、とにかくびしっとしてましてね。目つきもぼくらとは違っていたなあ。あんまり厳しくされたんで、傍から見ていてかわいそうな気がしたのを憶えています」

十二中の生徒は、戦闘帽に似た制帽をかぶり、鞄《かばん》は許されず背嚢《はいのう》を背負っていた。そういういでたちからして、下川に幼年学校を連想させたようである。

入学した五期生を待ち受けていたのは、入校期訓練であった。一組から五組までの各組を小隊とし、学年を中隊とする部隊に編成された新入生たちは、軽井沢へ送り込まれた。

これに先立って、各組の仮級長と仮副級長が指名され、一年一組では藤居寛（第一勧銀名古屋支店長）が仮級長に、花形が仮副級長に選ばれた。藤居は同時に中隊の仮旗手をつとめることになる。おそらく、入学試験の成績がトップだったのであろう。

そこから推すと、花形の成績も、同期生二百五十八人中の少なくとも十番以内には入っていたはずである。

このあたりでひとまず花形と離れて、彼の入学と入れ替わりに千歳中学校を出て行った一期生の一人の軌跡を辿《たど》っておきたい。その人物は、昭和十四年四月八日、青山で十二中が最初の入学式を挙げたとき、一期生二百五十人を代表して本村校長から校旗を受領した平岩正昭（文筆業）である。

別の作品の中で書いたことなので重複を避けるが、私は新聞記者のかけ出しのころ、同業であった平岩と出先で知り合い、同窓という親しみもあって、いらい二十八年間、往き来を続けている。

私は、平岩の意識の根底をなすものが、同時代を生きた花形のそれと、どこかで通じ合っているような気がしてならない。

平岩は昭和二年、四谷で生まれて、淀橋の百人町で育った。世田谷の岡本町に移って来たのは、早生まれの彼が小学校に入る昭和八年のことである。

平岩は用賀にある京西小学校を優等生で通し、中学校進学にあたって、成城学園を受験した。当然、合格するものだとたかをくくっていたら、結果は不合格であった。

そのわけは、どうやら父、巌にあったようである。

若くして大杉栄に傾倒した巌は、無政府主義運動に走った。平岩の幼いころ、この父親は長く刑務所に入っていた。

岡本町に移ってからの巌は、いわゆる戦時成金である。妻の兄弟が成増で営んでいた伸銅業を基礎に事業を拡張し、日中戦争が始まってからは、大いに波に乗って、巨万の富を築いた。

そのころの岡本町は、世田谷の中でも、一種独得の土地柄であった。家数は十軒にも満たなかったが、岩崎小弥太、久原房之助といった財界の大物や、日本画の堅山南風らが屋敷を構えていた。多摩川を指呼の間にのぞんで、閑居するには恰好の場所だったのである。

「そこに主義者くずれの成金が入り込んだ。胡散《うさん》くさかったことだろうね」

と平岩はいう。彼が成城学園に忌避された理由は、そのあたりにあったと思われる。そこで彼は、十二中に目標を切りかえ、青南小学校で行われた入学試験に、一番で合格した。

一期生のクラス編成は、入試の成績順によった。一番から五十番までが一組で、以下、順位に従って、五組に分けられた。旗手に選ばれた平岩は、身心ともに健康な少年であった。彼が一番だったのは、成績だけではない。身長も学年を通じて一番であった。このあたりも、どことなく、花形を髣髴《ほうふつ》させる。

その平岩が、しだいに、いまでいう問題児になって行く。原因のすべてを時代に求めるのは妥当ではないにしても、彼における変質はやはりそれと無縁ではない。

直接のきっかけは、堀内という中尉の配属将校がつくった。彼は、まだ二十代の後半で、生徒たちの鍛練に熱意を燃やしていた。しかし、それが度を越して、自分の担当である軍事教練の範疇《はんちゅう》を越え、学校全体をわが物顔に取り仕切るのであった。

何が堀内の気にさわったのか、もう憶えていない。ともかく、入学から日も浅いころのことである。平岩は堀内に居残りを命じられ、理科の材料置場へ引き立てられた。教練のたび、木銃で級友を殴りつける堀内に嗜虐《しぎゃく》者のにおいをかいでいた平岩は、初めから反抗的な態度をとる。

「きいてるのか！」

堀内は逆上して、いきなり突き飛ばした。実験用の器具をおさめた棚に平岩の身体がぶつかり、その反動で落ちて来た瓶が、彼の頭でくだけた。

その物音で教師の一人がかけつけ、さすがに堀内をなじった。

「問題になったら、どうするつもりですか」

平岩の頭皮が破れて、おびただしい出血が彼の顔面をペンキで染めたように赤くしていたからである。

痛みはまったくなかったが、その一件いらい、平岩は堀内を激しく憎むようになった。のちに転向したといっても、大正期に無政府主義運動へと身を投じた巌が父である。その血をひいて、彼も反撥心の強い少年であった。

頭皮よりも自尊心をいちじるしく傷つけられて、平岩の「たった一人の反乱」が始まった。といっても、中学一年生に何ができるわけのものでもない。声を掛けられて、返事しないくらいがせいぜいである。だが、堀内は反抗心を敏感にかぎとって、ことごとに彼を列外に引き出すのであった。

そのときの彼の科白《せりふ》はきまっていた。「貴様みたいな奴が旗手では、校旗が穢《けが》れる」というのである。

平岩の成績は、見る間に落ちて行った。一組にいたのは初めの年だけで、二年生では三組、三年生では五組に入った。そのころになると、彼は校内の札つきであった。

平岩は五歳の年から剣道の町道場に通い始めて、小学校の高学年に達すると、講談社の少年剣道に優勝するなど、同年輩のあいだでは無敵の存在になっていた。

粕谷へ移った直後だというから、昭和十六年の夏であろう。宮中の齋寧館で中学生による天覧試合が行われることになり、六中でその選抜試合があった。三段に進んでいた平岩は、千歳中学校剣道部を代表してこれに出場、勝ち進んで五人の中の一人に選ばれた。この五人が、学習院中等部の五人と天皇の前で竹刀《しない》を合わせるのである。

本村校長は平岩が札つきであることを忘れて、たいへん喜んだ。千歳にとって、この上ない名誉だというのである。予行演習を三回重ね、道具の厳重な検査を受けて天覧試合にのぞむ平岩に付き添って、本村も参内を許される。当日、尊皇の念のあつい彼は、恐懼《きょうく》感激のていであった。

本村は、平岩がその少し前、剣道の稽古にかこつけて堀内に報復したことを知らない。平岩は有段者であることを示す自分の防具ではなく、級友から借り受けたごく普通の防具を身にまとい、稽古をつける堀内の前へと立って行った。これだと面に隠れて、だれであるのかはわからない。しかし、堀内が相手を平岩だと悟るのに、時間はかからなかった。一太刀浴びせられた切っ先の鋭さが尋常ではなかったからである。

堀内は、めったうちに遇った。挙句には床に突き倒され、生徒たちの嘲笑の中で、屈辱にまみれた。

平岩に与えられた意趣返しの機会は、この一度だけであった。それにくらべて、堀内が持つ機会は無限に近い。平岩は教練のたびに、精神的、肉体的苦痛を味わわされた。

「千歳は冷酷に生徒をクビにする学校でね。帰りにウドン一杯食ったくらいのことでも、退学にさせられたんだよ。退学なら、まだ、よその学校に行けるからいいんだが、放校というのが多かったような気がする。

ぼくなんか、真っ先に放校になるところだったのだろうけど、なまじ旗手をやったり、天覧試合に出たりしたものだから、それもできない。厄介な存在で、教官たちにしてみると、その分だけ、よけい腹立たしかったのだと思うよ」

と平岩はいう。

千歳中学校に三八式歩兵銃が渡されたのが、その夏のことである。三年生は、完全武装で一泊二日の行軍に出た。すべてを合わせると、装備の重量は十二キロを越える。満年齢で十五歳に達したばかりの少年たちは、祖師ケ谷から二子玉川へ出て溝ノ口に渡り、柿生《かきお》で野営した。翌日は小金井へ抜け、東京の西郊を大きく迂回して千歳に戻る、全行程百キロの強行軍であった。

翌十七年六月、四年生になっていた一期生たちによって行われた「白根越え」は、これを上回るきびしいもので、いまも語り草になっている。

軽井沢を出発点とするこの行軍は、草津の宿《しゅく》を通って白根山を越え、尾根伝いに熊の湯を経て湯田中へ出るものであった。

六月とはいっても、白根山中に分け入ると雪がたっぷり残っており、行軍する生徒たちの足は膝の上まで没して、疲労が二倍にも三倍にもなった。そこに寒さが加わる。夏服を着ていた彼らは、なおのこと消耗した。

続出する落伍者の銃や背嚢を余力のある者が肩代わりして、行軍はよろよろと進んだ。早い組は午後三時ごろ湯田中の宿に着いたが、凍え切った身体を風呂で温める隙もなく、装備を置くと遭難寸前の級友の救出に、いま来た道を取って返した。全員が収容されたのは、日がとっぷり暮れたあとであった。「犠牲者が出なかったのが不思議なくらい」と平岩はいう。

「教練の千歳」は都内で勇名をはせた。習志野での合同演習で千歳中学校の隊列が通りかかると、他校のあいだからどよめきが起こるのであった。

「たった一人の反乱」に明け暮れていた平岩の成績は、四年の終わりになると最低に近く、前途を案じた巌が、清水に新設されることになった高等商船の受験をすすめる。合格の自信がないので渋っていたのだが、父親には抗し切れず、どの道、落ちることであろうからと受験したら、学科試験に通ってしまった。そこで彼は、父親が裏から手を回したことに気づく。

反抗心をもたげさせた平岩は、身体検査の際の視力検査で、どこを指されても「見えません」で通した。

帰宅すると、玄関先に日本刀を手にした巌が待ち構えており、平岩の姿を認めるなり、抜身をかざしてかけ寄って来た。本気で斬る気だと危険を感じた平岩は、字義通り、命がけで逃げ出した。

こうなっては、もう親許にいられない。大陸に渡ることを条件に許しを乞い、北京大学に入学する。

彼の千歳中学校四年修了時における成績順位は二百三番であった。ときの在籍生徒数は二百六人である。姿を消した四十四人の中には、軍関係の学校へ進んだのもいる。だが、半数以上は、退学ないし放校処分によって、学園を追われたのである。

2

五期生の入校期訓練は、軽井沢の日大の合宿所を借りて、一週間にわたって行われた。これは軍隊の新兵訓練のようなものである。

小隊ごとに一期生が補助役として付き添い、ゲートルの巻き方の手ほどきから始まった。そのあと三八式歩兵銃をかついでの行進、軍歌演習と続く。夕食後には、本村校長を初めとする教師たちの精神訓話があった。「校章之辞」を暗記させられたのもこの時間である。

千歳中学校の校章は富士山を形どったものを二つ、上と下からそれぞれの裾野にあたる部分で対称形につなぎ合わせ、その真ん中に「十二中」の文字を配したものである。

〈富士ハ万邦無比ノ霊山ニシテ山嶺高ク群峰ニ秀デ山裾裕《ひろ》ク三国ニ跨《また》リ四時白雪ヲ冠シテ千古清浄ナリ。校章ノ象徴スル所亦之ニ他ナラズ。本校生徒須《すべから》ク秀抜ノ知ヲ伸バシ不動ノ意ヲ貫キ清朗ノ情ヲ養フベシ。上ナル富士ハ師親長上ニ象《かたど》リテ愈々高久ナランコトヲ望ミ下ナルハ子弟幼小ニ寄《よそ》ヘテ愈々謙虚ナランコトヲ欲ス。長幼一如共ニ心身ヲ修練シ不動泰安秀麗清澄ノ風ヲ顕現スベシ〉

本村校長が生徒に与えたこの「校章之辞」は、いま読むといかにも古風だが、当時としては時流にかなうものであった。

五期生は軽井沢から帰京すると、千歳と宮城のあいだを往復とも歩き通す、誠忠行軍なるものを体験させられた。

新入生一同が二重橋前に整列し、天皇への忠節を誓う行軍である。代表して誓詞を読まさせられたのは藤居寛であった。

彼は、その練習のため、自宅に近い根津山へ行って「赤子吾等は……」と、何度も声を張り上げた。

「厳しい学校でしてね。ズボンのポケットは、手を入れないために縫いつぶさせられました。私は祖師ケ谷大蔵から通っていたんですが、駅を降りると隊列を組んで、校門は『歩調とれ！』で入るんです。

校門には週番の上級生が目を光らしていて、ゲートルの最後のところがズボンの縫目にぴしっととまっていないと、膝《ひざ》を蹴飛ばされたものです。

鉄拳制裁もまかり通っていたし、上からの強烈なイズムの統制に対する反抗心は、下級生の全体にあったんじゃないですか」

経堂小学校でずっと最上級生を務め、あたりでその頭を抑えるものがいなかった花形にとって、千歳中学校の雰囲気はかなり勝手の違うものであったろう。

一年一組で花形と同級だった前出の林は、ヒステリックですぐに生徒を殴る英語の教師に対して、拳を見舞われた花形が立ち上がり、殴り返そうと身構えた場面を憶えている。

中学生の校内暴力が頻発している昨今なら珍しくも何ともないのだろうが、教師の権威が絶対に近かった戦時中のことである。花形は、結局、やり返しはしなかったが、それにしても、教師に立ち向かおうとするなどは、彼を除く一年生には及びもつかない行為であった。

花形は千歳中学校に入ると、同期の何人かとボス争いを演じて、彼らをすべて屈服させた。

「同期に矢島というのがいて、これもなかなかのものだったんですが、入学してすぐ花形とやり合って、やはり花形にはかなわなかった。それから、喜多という同じクラスの背の高いのが、運動会のときに、みんなの目の前で花形と派手にやったことがあるんです。彼も敵じゃありませんでしたね」

と林はいう。しかし、中学一年生の花形に、不良性は認めていない。

「戦時中の花形と戦後になってからの花形では、がらっと違いますからね。入ったときから、ずばぬけて喧嘩が強かったのはたしかだけど、その喧嘩というのは、決して陰惨なものではなかった。

けっこう勉強も出来たし、土着とはいってもいい家の坊ちゃんで、育ちのよさといったようなものが身に備わっていて、それなりの人気もあったし、悪いとか、そういう意味で異質の人間という感じはしませんでしたね」

入学後三カ月で正式の級長に任命された藤居の見方も、これと一致している。

「一年、二年のときの花形には、どうこういう記憶はありません。少なくとも、不良少年のイメージは、まったくなかったんじゃないですか」

持って生まれた闘争本能が独得の個性を形づくっていて、一面では級友に怖れられていたにしても、花形は硬派少年の一つの典型であり、男子は強くあれ、と教えられていた戦時体制の下で、それがとくに非難されたことはなかった。

ただ、地元の名家の生まれという背景と、負けず嫌いの強い性格と、それに見合う腕力とに恵まれた花形が、経堂小学校で仲間たちを自分の庇護下に置くうち、内側で育てていたボス性が、千歳に入ってからいよいよ顕著になったとはいえるであろう。

各クラスの少数派である農家の子弟たちは、級友から「だんべ族」と呼ばれて、軽い被差別感を味わわなければならなかった。語尾にしばしば「だんべ」をつけた彼らの関東方言は、旧市街の山手から移り住んだ「のてっ子」にはもちろん、共通語を話す他の都市からの新来者にも土の臭いを感じさせ、からかいの対象とされたのである。

大まかに分けての話であるが、彼らは少数派として立場を同じくする商店の子弟と結びついて、マイノリティ・グループを形成する。そのリーダー格に、自然と花形が押し上げられた。

「われわれの小学校では、裸足で通学する子供がいましたからねえ」

というのは、都下北多摩郡調布町（現調布市）から通学した吉田伸一（新日鉄名古屋製鉄所総務部次長）である。彼も自ら認める「だんべ族」の一人であり、ホワイト・カラーの子弟たちとのあいだに微妙なものがあったことを否定しない。

「そういえば、土着民対新来者の確執は、たしかにありました。花形に殴られたことのない人間は少ないんだが、農家の新井とか、米屋の鵜飼とか、本屋の荒木とか、殴られなかったのは、全部土地っ子ばかりです」

こうして、地つきの生徒を主だった顔触れに、花形をリーダーとする硬派グループが、いつとはなしに出来上がって行く。だが、彼らは何といってもまだ一年生であり、校内で目立つものではなかった。

五期生が入学した昭和十八年の六月二十五日、東条内閣は「学徒戦時動員体制確立要綱」を閣議決定した。〈大東亜戦争の現段階に対処し、教育練成内容の一環として学徒の戦時動員体制を確立し、学徒をして有事即応の態勢たらしむるとともに、これが勤労動員を強化して学徒尽忠の至誠を傾け、その総力を戦力増強に結集せしめんとす〉る方針の下に、それまでにも行われていた農家、工場、事業所への勤労動員がいちだんと強化されることになった。

そのほぼひと月前の五月二十九日には、北辺の守りについていた山崎保代大佐以下二千五百余名のアリューシャン列島アッツ島守備隊が、艦艇、航空機による猛烈な砲・爆撃の末に上陸して来た米軍に抗すべくもなく全員玉砕して、南方ばかりでなく北方の戦況も悪化していた。

一方、九月九日には、七月にムソリーニ首相を辞任に追い込んで政権の座についていたバドリオ元帥に率いられるイタリアが、連合軍に無条件降伏して日独伊枢軸の一角が崩れ、同盟国ドイツは欧州戦線で孤立に追い込まれた。

深刻化する情勢を受けて東条内閣は、九月二十一日の閣議で、大学、高専の学生に対する徴兵猶予の停止（理工系学生は入営延期）を決定、十月二十一日の明治神宮外苑競技場における出陣学徒壮行会となるのである。学生も生徒も、もう学業どころではなかった。

翌十九年四月、ようやく航空機工場に赴く中等学校の勤労動員の受け入れ態勢が整い、都内では男子商業六十六校、男子工業十七校、女子商業六十四校、計百四十七校の最高学年生、男子七千八百九十八人、女子四千百七十八人が第一陣として、それぞれの配置についた。

その年、花形ら千歳中学校の二年生は、新学期から間もなく、八王子往復の百キロを経験させられた。生徒たちは水筒を持って行ったが、引率の教官は、水を飲むことを許さず、のどのかわきにたまりかねて、道端を流れるどぶ川の水を隠れて掌《てのひら》にすくう者がいた。学校に帰り着いてから、教官の扱いに反発する騒ぎが生徒のあいだで持ち上がったが、時代が時代であるだけに、それ以上には発展しなかった。

そのころになると、千歳中学校の軍国主義的校風は、他の中学校のあいだだけでなく、小田急・京王両沿線で一般の人たちにも評判をとっていた。

登・下校時に生徒たちが教師に出くわすと、しかるべき一人が「○○教官殿に敬礼、頭、右ッ」といったように号令をかけ、一斉に挙手の礼をする。その程度のことは他の中学校でも行われていたが、千歳の生徒の中には走っている電車の窓から外に教師の姿を認めて、相手には見えも聞こえもするはずがないのに、率先して敬礼の号令をかける者がいた。そういう極端なのがいては、沿線で評判にもなるはずである。

五期生が勤労動員に狩り出されたのは、二年生の一学期の終わりに近いころであった。

学年は二手に分けられて、半分は東芝の府中工場で特攻兵器「回天」の製造にたずさわり、残りは京王線国領駅のすぐ東側にある東京銃器（現東京重機）で、本土決戦用の九九式短小銃の部品をつくった。

千歳烏山から京王線の下りに乗って東京銃器へ通った大谷信郎（新日鉄本社秘書室部長代理）は、思い出を次のように話す。

「電車はいつも鈴なりで、烏山からだと連結器のところくらいしかあいていないんです。車輛の中には、とても入れない。ドアは人がぶら下るために、常時あけっ放しという状態でした。靴なんてないから、みんな下駄ばきにゲートルだったんですよ。下駄なんかはいてて、よく連結器から振り落とされなかったものだと思います」

　小田急沿線に住む生徒たちは、朝、狛江駅まで行き、乗って来た電車ごとに隊伍を組んで、東京銃器まで約二キロの道のりを軍歌をうたいながら行進した。

　工場に着くと、五、六人単位で編成されていた班に分かれて、それぞれの職場につく。花形は西田を班長とするグループに属して、九九式短小銃の遊底止めを型に合わせてスロッターで切り、万力にはさんでヤスリで削る作業に従事した。

　各班にノルマが与えられており、西田の班の場合は、一日に二百五十挺分の遊底止めを仕上げるよう義務づけられていた。

「ひどい鉄砲をつくらされているもんだ。なにしろ、一弾が一発出りゃあいいんだっていうんだから。あとはゴボウ剣をつけて突くんだとさ」

　三十代の工員の一人は、自嘲めかしてそんな言葉を吐いたが、とにもかくにも二百五十挺分が上がらないことには帰してもらえない。西田が班長の責任上、仲間に残業を申し渡すと、不良がかったのが、「生意気だ。ゲタを脱げ」などと、食ってかかることがあった。

　西田は二年に進む際の編成替えで、花形と同じクラスになった。出席番号はアイウエオ順につけられていて、西田の次が花形であった。その関係で剣道の時間に二人が組まされた。西田が一つ二つ竹刀を見舞うと花形はかっときて、剣道の時間が終わっても怒りがおさまらず、腹いせに西田のノートを取り上げ、家に持って帰ってしまった。

西田はそのノートを返しにもらいに行って、花形がゆとりのある家庭の育ちであることを知る。

学校ではっきりした花形の取り巻きは五、六人であった。その後、矯正されたが、小学校一年のときにひどい吃《ども》りで、「サイタ、サイタ……」を何度やり直しても声に出して読めず、人前でものもいえなかった西田には、花形は恐ろしい存在であった。

ところが、下校の途中、地元の不良少年五、六人につかまって殴られている西田を、たまたま通りかかった花形が助けてくれる。帰宅してそのことをいうと、母親が何冊かのノートを持って、花形の家に礼をいいに行った。同行した西田は門の外で待っていた。

彼は、花形の取り巻きに殴られることはあっても、花形自身に手出しされた経験はない。

「花形は銃器に行ってから、一転して対外的になっていった」

と西田はいう。

花形が自分の肉体的なパワーにはっきりめざめたのは、勤労動員がきっかけであった。

「工員は、兵隊検査直前の連中とか、徴兵もれとか、年輩者とか、いろいろなんですが、若いのに不良がかかったのが多かった。世の中が悲惨で、明日の生命も知れないんだから、無理もないんでしょうけど」

と話すのは、前出の大谷である。

東京銃器には八棟の工場があり、四中や町田高女など他校からも動員されて来ていたが、彼らはすべて上の学年で、千歳中学校の生徒たちが職場における最年少組であった。

工員たちは、いわば、職場における「教官」であって、就業が遅れたり、仕事の手《て》捌《さば》きがわるかったりすると、遠慮会釈なくげんこつをふるう。

年少の千歳中学校の生徒たちは、いかにも扱いやすい相手であったろう。なかでも不良工員は、仕事とは無関係に、気に入らない生徒を人気《ひとけ》のない試射場の裏手に引き立てて行き、思いのまま蹴ったり殴ったりを繰り返した。

五期生には、週に一日、金曜日に行われる授業と日常の指導監督のために、数人の教師がついて来ていたが、そのような場面で彼らはまったく無力であった。だれ一人、不良工員の前に立ちはだかろうとしないのである。

手出しされる仲間をかばって飛び出して行ったのが、やっと十四歳の花形であった。五期生は、新設の千歳中学校に初めて各学年が揃った年の最下級生である。学年はバッジで色分けされており、校外では上級生に対する敬礼が下級生に義務づけられていた。それをうかつに怠ったりすると、相手によっては鉄拳制裁を加えられた。

前でも述べたが、経堂小学校に編入されてから最上級生を通し、「お山の大将」だった花形である。その彼にとって、中学校に入ってから敬礼ばかりさせられていた一年間は、さぞかし勝手の違うものであったろう。

ことに千歳は、本村校長の教育方針を反映して、軍隊のミニアチュアであった。いかに花形が負けず嫌いであろうとも、縦の序列を無視することはできない。軍隊で上官に対する明らかな反抗は犯罪を構成する。千歳ではそれほどではないにしても、教師、上級生に対する絶対服従が求められており、それを破ることは許されなかった。

そこへゆくと、動員先の工場は、千歳の生徒たちにとって、本来の帰属社会ではない。上級生という天蓋が取り払われた職場にいて、仲間が次々に殴られるのを目のあたりにするとき、休眠していた花形の闘争心は一気に爆発した。

彼には、仲間を理不尽な制裁から守るという大義名分が、自分なりに与えられていた。それはまた、彼の義侠心に叶《かな》うものでもあった。

花形の不幸は、この動員先に始まっているように思われてならない。それまでは、喧嘩といっても、子供の世界のことである。しかし、相手が不良工員となると、簡単にはゆかない。彼らを向こうに回してわたり合っているうち、花形は下世話でいう腕と度胸を磨いていった。

その方面での資質に彼ほど恵まれていた男も少ない。のちのことになるが、東京における暴力の世界で彼に勝てる喧嘩相手は一人も出なかった。

「教育」と翻訳された「education」の元となる動詞「educate」には「引き出す」という意味があるのだそうである。殺伐とした時代が花形から引き出したのは、たぐいまれな喧嘩の資質であった。

千歳の生徒に手を上げた工員たちは、花形の腕力と胆力の前に、次々と叩き伏せられた。あっけなく地べたに這う年長者たちを足下にして、彼には上昇期のボクサーが味わうような快感があったことだろう。

しかも、日本の戦いが「聖戦」であると信じられていたように、彼の暴力行為も、「正義の闘い」なのであった。

未曾有の敗戦が各界各層に及ぼした混乱は、今日まで多くの人によって語られている。千歳中学校の場合も、そこにつけ加えられる小さな一つであろう。

開校いらい本村校長は、自ら教壇に立って、橋本左内の啓発録や吉田松陰の士規七則を引き、西郷南洲の言葉を語り、葉隠の武士道精神を説いた。もちろん、あの時代に彼だけが、国粋主義者だったわけではない。大方が、程度の差こそあれ、似たようなものであったろう。

だが、すべてがそうだったわけでもない。たとえば、岡田という国語の教師がいた。彼は、国民服がその名の通り、国民の制服化して行く中で、なかなかそれを着ようとはしなかった。生徒の敬礼を受けるとき、ソフト帽の縁へ手をやって答礼していたものである。

時の勢いに抗し切れないまでも、狭い選択の幅の中に、そういう生き方もあった。

しかし、当時として熱意に燃えていた、年若い本村校長は、軍国主義教育に千歳中学校の礎を求めた。しかも、性急にである。そこに敗戦がやって来た。体制の崩壊からくる学園の混乱は、千歳中学校において、他校より顕著であった。

船にたとえていうと、大きく右舷に傾いて走っていたところに、いきなり左舷側から横波をくらったようなものである。

もろもろの時代をくぐって来た伝統校であれば、おのずから復原力が働いたことであろう。戦時をしか経験していない千歳には、戻るにも、戻るべき先がなかった。敗戦時で創立いらい七年余という伝統のなさは、吃水《きっすい》の浅さとしてとらえることができよう。その船が、突然、横波にさらわれて羅針盤を流失したのである。

敗戦の直前に入学した七期生の一人である恩地日出夫（東宝映画監督）は、千歳ペンクラブの機関誌『きろく』第五号（昭和二十五年十二月二十二日発行）に、「疑問符」と題して、次のような一文を寄せている。

〈アヴァン・ゲールの世代は、既成の社会秩序から割り出して、アプレ・ゲールの世代が自らの秩序（これは一つの社会秩序として確立されたものと見ることはできないが、ある一つのぼんやりとした、少くともアプレ・ゲールの世代の間にのみ通用する概念としてはたしかに存在している）に従って行動するのに対して、それを常人の行動として理解できず、結局、〃いまの若いものの気持はわからん。まったく乱れた世の中になったものだ〃という言葉に要約してしまうのである。

その結果が、このごろ天野文相あたりから持ち出されている、修身科の復活、教育勅語の代用品というような問題となってあらわれてきているのであろう。だが、これは、あまりにも大人の一人合点に過ぎはしないか。我々の世代から見るとき、実に笑止千万なのである。このことは、我々の世代を生み出した教育を振り返って見るとき、容易に理解されるに違いない。

我々の世代といえども、アヴァンの人々と同じ人間であり、決して特殊な存在ではない。ただ異っているのは、その世代を生み出した社会なのである。

そして、それは、我々がよき社会人として完成されるべく受けた教育が、あの戦時中の〝かくあるべし〟、〝かくあるべからず〟式の天降り教育であり、それが八月十五日を期して、いちどきに逆転してしまったという事実によって裏付けられるであろう。

比喩的にいえば、昨日までミソ汁とタクワンを唯一の食物であるとして、我々に食べることをしいていた教師というコックが、八月十五日からは一転して、昨日までのミソ汁には毒が入っていたから、今日からはこのデモクラシーという西洋料理を食べなさい、といって、食卓にそれを出してきたようなものである。

これは教育の背景となる思想が、軍国主義からデモクラシーへと変っただけで、いぜんとして、天降り式の〝かくあるべし〟、〝かくあるべからず〟の教育の再現に他ならない。昨日まで毒物をくわされて来たわれわれには、とてもコックの言を信用する気にはなれないのである。

生まれ落ちてから十数年間、心の中につくり上げられて来た価値基準が、すべて、いとも簡単に崩されてしまったいま、我々の世代の拠りどころとして求められるのは、現在という瞬間と、おのれの生命と肉体、それだけしかない。

自己の知性と感性、そして肉体のすべてによって、つかみとって行く以外には、我々の〝かくある〟を認識するための方法は見出し得ないのである〉

敗戦から五年四カ月を経て、十七歳の少年によって書かれたこの文章は、いささかの気負いの中に、アプレと呼ばれた世代が教師、ひいては国家社会に対して抱く不信感を、強くにじませている。

絶対として説かれて来た徳目が、同じ教壇から同じ教師の口によって完全に否定される滑稽さを、恩地は笑止千万と表現するが、それは多分、五年余の歳月が与えたいくらかの余裕がいわせるものであって、敗戦直後の学園で価値体系の崩壊を嗤《わら》えるものは、おそらくいなかったはずである。

そのとき、社会ではまだ新しい言論が力を得ていなかった。軍国主義教育という枠組に押し込められて、ひたすら尽忠報国の思想を詰め込まれていた生徒たちがにわかに解き放たれたとき、方向感覚を持ち得るはずもなかった。

「われわれの価値体系は、自発的に出てきたものではない。戦時教育で押しつけられたものです。それが一気に崩れた。だからといって、急に変わって、新しい価値を体系的に教えられる世の中でもないんですね。新しい人生観、新しい価値観を、めいめいが試行錯誤の中で築き上げて行くんだが、われわれはそれまで、あまりにも教えられ過ぎていたから、探し出した生き様《ざま》が一人、一人で、随分違ってくる。花形は、それを腕力に求めたということでしょう。私だって、あの世界に入っていれば、花形以上になっていただろうと思う。体力には自信がありましたから。だけど、私には、悪くなるだけのゆとりさえなかったんです」

というのは、級長をつとめた五期生の一人である。

敗戦直後の昭和二十年九月六日、彼は、思いもかけず、孤児の境遇になった。この日、中央線の下り列車が笹子峠で脱線転覆し、その最前部の車輛にいた彼の両親は、二輛目に乗り上げられて、他の乗客数十人とともに生命を奪われたのである。

彼の父は、二十年三月十日の東京大空襲の日に第二国民兵として召集され、特攻の鹿屋《かのや》基地に勤務していた。終戦の詔勅をきいて復員、松本の集団疎開先にいた小学校二年生の次男を引き取りに夫婦で向かう途中、この事故に遭遇した。

一家揃って、再出発しようとしていたその出端を、不慮の災厄が叩いた。彼における戦後は、そのような形で始まった。

十五歳の彼は、七十歳になる母方の祖母と、女学校一年生の妹と、松本から戻って来た弟の三人を抱えて、生活を考えなければならなかった。

手っ取り早い収入の途として、新聞配達を始める。当時、新聞社はまだ専売制を敷いておらず、一つの店で各紙を扱っている関係から、各戸ごとに購読紙を仕分ける必要があり、毎朝四時半に起き出して行って作業にかかるのであった。

それだけでは、とても、生計を賄《まかな》えない。放課後には各戸を歩き、回収した古新聞を松陰神社のそばの元締に運んで、なにがしかにかえた。

夏休みは書き入れどきであった。進駐軍の宿舎となるワシントン・ハイツの工事現場へ土方として通ったこともある。やがて、肺結核を病んだ。

「二年生から授業料を免除されて、育英資金ももらうようになっていたんですが、働くことを一日も止められなかった。夜は夜で、いろいろとアルバイトしたものです。実にいろいろとやった。あまり、いいたくもないなあ。

いかにして、その日を食うか。あったのはそれだけですよ。食うのに懸命だったから、環境にどうやって自分を対応させるかという発想はありませんでしたね。だから、私なんかは、突然変わった世の中に影響を受けなかったということになるんでしょう。これでは、悪くなるゆとりもない」

そう話す彼は「物質的、精神的に貧しい中でも、忘れられない青春の思い出はあるもの」という。その一つは、こうである。

「同じクラスに農家の息子がいて、うちでとれた卵持って来たから食え、といってくれた。卵一個が、うれしいことでしたものねえ」

彼は旧制の五年生終了で一橋大学へ進んだ。試験に落ちたら、社会へ出るつもりだったが、合格したので、思い切って通学することにしたのである。

「貧困学生につき」という理由で、学費を免除になった。現在は、いわゆる一流企業のエリートである。

入社試験を受けるとき、彼に人生設計といえるものはなく、大学への求人申込がもっとも早かったその会社を選んだ。生活費稼ぎに忙しかった彼は、一日も早く定職につきたかったのである。

いまの時代では、一流企業の幹部と暴力団の幹部は、まったく別の世界に住んでおり、両者に共通点を見つけるのはきわめて難しい。

しかし、彼は中学校四年生のとき、「ヤサグレしたんだ。面倒見てくれないか」といって来た花形を泊めてやったことがある。一つ蒲団に寝た二人を大きく分けたものは、いったい何であったのだろう。

五期生は三年生の半ばで敗戦を迎えた。それから半年と経っていない花形との出会いを語るのは、現在、渋谷を根城として石井組の組長におさまっている住吉連合会常任相談役の石井福造である。彼の話の中に、あまりにも急激な花形の変貌ぶりがうかがえる。

昭和三年十二月に世田谷区用賀の農家に生まれた石井は、昭和二十一年の新学期を前にそれまで通っていた京王商業を退学になり、国士館中学の三年生の編入試験を受けた。

本来であればその春に中学を卒業しているはずのところ、京王商業を含めて四つの学校を退学処分で追われたため、三年も遅れてしまったのである。

国士館の編入試験はごく形式的なもので、教師は問題を与えると、石井を独り残して教室を出て行った。

その問題が石井には一つも解けない。頭を抱えていると、彼が編入試験を受けに来ていることを聞きつけた四、五年生の不良グループが、教室の前の廊下にわいわいと集まって来た。世田谷界隈の不良で石井を知らないものはいないのである。

石井が窓をあけて、何もいわずに答案用紙を抛り投げると、心得た一人がそれを拾って五年生の級長のもとへ運ぶ。解答が書き込まれて戻され、石井の編入が認められた。

そのときから国士館における石井の番長の地位は約束されたも同然であった。

「あたしが入る前に入れ替わりで卒業して行った連中がいるでしょう。そいつらとおれは、しょっちゅう喧嘩してたからね。それで、国士館へ来なよ、国士館へ来なよ、といわれて、三年生に入ったんだが、連中はその前に卒業して行っちゃった。だから、奴らより下の五年生なんて、もうおれが入る前からぺこぺこ、ぺこぺこしているわけですよ。ほんだから、おれ、えばっちゃって、四年生、五年生なんていうのは、片っ端からはっ倒して、そいつらの弁当なんかしょっちゅう食っていたんです」

と石井はいう。

そうした振る舞いを快く思わない連中が当然、出てくる。彼らのうち、経堂から通っている何人かが、千歳の四年にいた花形に泣きついた。

「そうか。そんなに喧嘩の強いのがいたのか。どれだけ手ごたえがあるか、いっちょかわいがってやろう」

そういうなり、花形は気軽に腰を上げた。

国士館は玉川電車下高井戸線の松陰神社駅のすぐそばにあって、校庭の裏がちょっとした山になっている。その崖下《がけした》を流れるのが目黒川で、当時はまだいくらか水量があった。

「敬さんが呼んでるから裏の山に来てくれ」

四年生の一人がそれまでにない横柄な口調で呼び出しをかけてきたとき、石井は彼をそうさせている花形という男の威力を思わないでもなかったが、何ほどのことがあろうか、と、これまた軽い気持ですぐに応じた。

千歳といえば、世田谷で随一の進学校であり、ひ弱なイメージがつきまとう。片や国士館の喧嘩の強さは都内全域に鳴り響いており、いっぱしの不良でもその校名を聞いただけで怖じ気がつこうかというほどなのである。その国士館で暴れん坊たちの上に君臨する番長からすると、千歳あたりで幅をきかせている程度では物の数に入らないということになる。

ところが、裏山へ登って行った石井は、花形を一目見たとたん、イメージの修整を迫られた。

花形は、石井の表現によると、「これ以上はないペテン帽」をあみだにかぶっていた。

ペテン帽というのは、学帽の生地の毛足をきれいに焼いて、蠟をまんべんなく垂らし込んだあと、煙草の灰を丹念にすり込み、全体になめし革のようなにぶい光沢を与えたものである。花形のそれには、さらにぴっちりアイロンが施されており、角テンつまり大学の角帽よろしく、てっぺんから四つの鋭い角が突き出ているという、それまでに見たこともない代物であった。

「あいつ、縁なしの眼鏡をしてたでしょう。それをかけていると品がいいんだけど、喧嘩するときにすぐはずすんです。すると、凄い顔になる。顔見ただけでびっくりしちゃった、おれ。物凄いんだものね。

疵《きず》が、右の目の上と、左の頬と、あごと、首筋と……もうあのころで四カ所ぐらいありましたかね。

おれだって、学生同士でしょっちゅう喧嘩やってて、身体がでかかろうと何だろうと、たいがいの相手には驚かなかったけど、花形のときだけは本当にびっくりした。強そうな顔してたんだもの。いや、あれは強いというより、私たちの言葉でいえばヤクネタですよね。フーテンの凄いヤクネタの顔をしてるもんだから、おれもびっくりしちゃったですよ」

石井は元々の学年でいえば花形より二年上である。それでいてこれほどまでに驚いたのだから、花形はいかにも物凄い面構えをしていたのであろう。顔を見合わせただけで、二人のあいだの決着はついた。立ち向かおうとしない石井に花形は二言、三言、厭味をいうと、それ以上は何もせず、山を下りて行った。完全な石井の貫禄負けである。

石井は後に花形を安藤昇と結びつけ、ともに安藤組の大幹部に名を連ねるのだが、双方の感情の行き違いから、石井が子分に命じて花形をピストルで撃たせるという殺人未遂事件を惹き起こす。その経緯は後述するとして、ここでは、石井がそうまでせざるを得なかったそもそもはこのときの出会いにあったことを指摘するに留めておこう。

生前の花形の顔にいくつ疵があったのかを答えられるものはいない。「随分あった」というような、あいまいな表現しか聞かれないのである。

石井によれば、花形が四年生になったばかりのころ、すでにして四つもあった。いったい、どこでどのようにしてつけられたものであろうか。

五期生の一人は、芦花公園の盆踊りの晩に、土地の不良と喧嘩して顔を斬られたはずだ、といった。別の一人は、東京農大の番長に斬られたという話を聞いた、と証言する。

だが、それだけでは数が足らない。経堂小学校の同級生だった内藤和夫(前出)は、まったく予期しなかった事実を明かす。

「自分でつけた疵もあるんです。左の頰を自分で切りましてね。いまは経堂駅前のOX(注・雑居ビル)に入っている松村医院で十七針縫ったんです」

千歳中学校を不合格になった内藤は、京王商業に進んだが、学校から帰るとしょっちゅう花形家に入り浸っていた。花形が顔を切った現場には居合わせなかったが、何かの折りに本人が打ち明けたのだという。二人は兄弟のような付き合いだった、と内藤が強調するからには、その話に間違いがあるとは思えない。

しかし、素朴な疑問は残る。花形を自損行為に走らせた衝動は、どこからくるものであったのだろう。

安藤昇にインタビューした際、それを彼にぶつけてみた。帰ってきた答えはこうであった。

「あの男にはマゾヒスティックなところがありましてね。喫っている煙草の火を、自分の腕や掌に押しつけて消すんですよ。そういえば、私の見ている前でも、自分で顔を切りましたね」

いまとなっては、花形の深層心理をさぐる確かな術《すべ》はない。しかし、彼が自らの顔に刻んだ疵は激しい鬱屈の表れであったとはいえるであろう。

戦時中から戦後にかけて、父親の正三は、床についたきりであった。敗戦後、母親の美以は、シアトルで身につけた英語を活かして収入は得られないものかと、思い切って濠端のＧＨＱに職捜しに出掛けた。

「ヘイ、ジャップ。ホエア　ユー　ゴーイング」

衛兵に声を掛けられて、わけをいうと、しかるべきセクションに案内された。

「私はたくさんの子供を抱えて、これから教育をつけてやらなければならない。何か仕事を与えてもらいたい」

切り出した美以に係官はいった。

「いま、あなた向きの仕事はない」

意を決して出てきたからには、そういわれても、おいそれとは帰れない。粘っているうち、彼は質《たず》ねた。

「あなた、料理はできないか」

「料理なら、いちばん得意です」

それで職が決まった。

渡された所番地を頼りに、その場から訪ねて行った先は品川の内藤子爵邸で、そこを米軍が接収して、デッドモアという大佐の宿舎にあてていた。

一言、二言、話したら、大佐は喜んだ。

「私はいいコックを雇った。今日から働いて欲しい」

「エプロンも何も用意して来ていないから」

断る美以を押しとどめて、大佐は当番兵に命じ、ジープを花形家へ走らせた。

大佐夫人はまだ来日しておらず、着いたら何日でも休暇を認めるという条件で、その日から裏手の使用人住宅に住み込む。

その後、個人の家を専門に、何度か働き口をかえたが、都合六年、美以のコック生活は続いた。

こうして見ると花形家の生活も、戦後は楽ではなかったようである。

昭和二十一年二月十六日、政府は加速度的に昂進するインフレを食い止めようと、「経済危機緊急対策」を発表した。その一環として緊急金融措置令による預・貯金の封鎖があった。

翌十七日限りで、すべての預・貯金は封鎖され、その後は毎月、世帯主三百円、世帯員一人当たり百円しか引き出せなくなった。

　これと併行して、日本銀行券は三月二日限りで流通の効力を失う措置がとられ、各人の手持ちの日銀券は、二月二十五日に発行された新券と、郵便局、銀行などで三月七日まで引き換えられた。ただし、その際に入手できる新券は一人当たり百円までで、残額は既存の預・貯金と同様、封鎖されたのである。

　昭和二十一年に入ってから、通貨膨張は一日一億円の速度で進み、二月十五日現在の日銀券発行高は六百五億三千九百万円に達した。これはちょうど半年前の終戦の日、二十年八月十五日現在と比較して、ほぼ倍額にあたる。さらに遡《さかのぼ》って較べると、第二次大戦開戦直前である十六年十一月現在の十二倍強、日中戦争勃発直前である十二年六月末現在の三十八倍弱に相当する。

　ちなみに、フランス、ドイツ、ベルギー、オランダなど欧州各国における第二次大戦後の通貨膨張は、大戦前との比較で四倍から五倍強どまりであった。これによっても、いかに敗戦国日本が疲弊していたかがわかるだろう。

　政府は、旧日銀券を新券と交換、封鎖することによって、一挙に通貨の大収縮をはかり、物資と通貨の不均衡を是正して、悪性インフレの根源を排除しようとしたのである。

　しかし、翌二十二年に入ってもインフレの昂進はおさまらず、物価は倍々ゲームのようなスピードで急上昇を続けた。二月に五十銭となった都電の乗車券が、六月に一円、九月に二円に値上げされたのが、その代表的な例である。

銭湯の入浴料金は、三月の一円三十銭から、七月二円、十月四円に、清酒（一級）一升は、二月の四十三円から四月の百十九円に、といったように、諸価値の騰貴ぶりはすさまじい勢いであった。

右に挙げたのは公定の料金、価格であり、日本銀行が手掛けた東京都内における小売物価指数の調査には、昭和八年を一として、二十年八月四三一・三、十二月八二七・一、二十一年五月一六二四・九という驚くべき数字が記されている。いわゆる闇値はそれこそ天井知らずであった。

敗戦の日まで花形の家にかなりの資産があったとしても、預・貯金が封鎖されて、そのうえこのインフレでは、居食いするわけにはいかなかったであろう。美以がコックとして働きに出たのは昭和二十二年に入ってからである。花形は十七歳になっていた。

このころ花形家の裏庭の柿の木に石を詰めた手製のサンドバッグをぶら下げ、盛んにパンチと蹴りの練習に熱中していた彼の姿を、級友の何人かが目撃している。

父正三は、シアトル時代には日本人街のジムに所属するアマチュアのボクサーであった。そのファイトぶりを伝える新聞の切抜きや写真が花形の自慢の種で、交友関係にあるものは、一人残らずアルバムを見せられた。

花形が父の若い日に触発されて、力に対する憧れを深めていったであろうことは想像に難くない。それが昂じて、経堂にあった成城拳闘クラブに、内藤と二人で通った時期もある。これは十六歳のころであった。

だが、十七歳の花形が手製のサンドバッグに叩きつけていたのは、ただ単に、素朴な力に対する憧憬だけだったのであろうか。

かつて強打を誇った父親は、六十三歳の病身を横たえて、訪れが近い死を待ち、武家育ちの母親は、そろそろ初老に入る小さな身体を進駐軍の家に運んで、まだ戻らない。そういう日の暮れを想い描いてみよう。

静まった住宅街の中にあって、裏庭に立つ少年に聞こえてくるのは、遠く弱々しい父親の咳の音だけである。サンドバッグへ向かって発散される力とは逆方向に、彼の内側に忍び込んできてわだかまる何かがあったに違いない。

花形は暴力の世界に身を置いてからも、ステゴロ（素手による喧嘩）をかたくななまでに守り、喧嘩に刃物を用いたためしはただの一度もなかった。その彼が例外的に生身を切り裂いたのは、自身に対してであった。

人はそれぞれに生まれつきの基本的な性格を与えられている。これをたとえれば、一人一人が自分の内側に、めいめいの動物を飼っているようなものであろう。ある者は勤勉なリスを、またある者は狡猾《こうかつ》な狐を、別のある者は臆病な羊を——。

その動物を飼い慣らしていくのが、人間にとっての成長ということになるのであろう。

花形が内側に飼っていたのは一頭の虎であった。そして、その虎は、戦時中という時代環境の中で、年ごとに猛々しさを増していく。

「強く、強く、という時代だったから——」

息子を失った美以の嘆きは、強くあれ、と教えた時代に向けられるのである。

それでも戦時中には、国家が設定した方向しか許さない拘束力が、社会全体をしばり上げていた。ところが、敗戦でその枠組が壊れ、人びとは一斉に解き放たれた。そのとき、飼い慣らされるべき時期を迎えていた花形の内なる虎は、彼ごと野に放たれたのである。

人はだれも思春期に、前触れもなく内側から突き上げてくる衝動を抑えかねた経験を持つ。そこで思うのだが、われとわが顔面を切り裂いた花形の刃は、いつの間にか強大に育ち上がり、暴力を指向して猛り狂う、内なる虎に向けられていたのではなかったか——。

3

手元にある『東京都立千歳高等学校誠之会会員名簿・一九七一年版』を繰ると、五期生の項に私の兄の名前が出ているが、住所と職業を記載する欄は空白になっていて、名簿上は消息不明である。そして、花形敬は七人の死亡者の一人として名を連ねている。

私の兄が千歳に籍を置いたのは四年の最終学期だけで、実際にはほとんど通学しなかったから、花形とは面識さえない。したがって、同期とはいっても名簿上そうなっているに過ぎない。それも「消息不明者」と死亡者では、つながりがないも同然である。

しかしながら、いま私は花形の生涯を破滅の方向へと決定づけた「戦後」を語ろうとしていて、いったん千歳という枠組を離れ、彼とまったく同世代である兄の「空白」部分が意味するところを自分なりに検証しておきたい、と考える。

私たち一家は昭和二十年八月十五日を、当時は京城と呼ばれていたいまのソウルで迎えた。そのとき兄は中学校の三年、私は一年で、三人兄弟の末にあたる弟は小学校の三年であった。

私たちの父は朝鮮北部の城津に工場を持つ軍需会社の京城本社で、会計課、予算課、原価計算課の三つの課長を兼務していた。

九月八日、京城進駐のアメリカ軍が仁川に上陸することになっていた日の夜明け前、私たちは母を加えた四人で家を出た。父は役職の関係から会社の残務整理の責任者に指名され、数人の部下とともに京城に居残った。

私たちはその日のうちに釜山に着き、翌九日未明、興安丸に乗船して朝鮮半島を後にする。釜山にも、その日、アメリカ軍の進駐が行われることになっており、鬼畜と信じられていた米英を避けての引き揚げであった。

私たちは九州の片田舎で電気商を営んでいた母方の親類を頼り、同家の納屋を借り受けて、その半分に相当するスペースに六枚の畳を入れ、まさに難民そのものの日を送りながら、父の帰りを待つ。

しかし、父から音信はなく、十一月から兄と私は汽車で片道三時間もかかる地方都市の県立中学校に通学を始めた。弟はそれより早く地元の小学校に通っていた。

引き揚げに際して邦人に持ち出しを許されたのは、各自が運べる限度の手荷物と、一人につき現金千円だけであった。母は預金から一万円を余分に引き出して、それを巷で十円のプレミアムがついていた百円紙幣にかえ、靴屋に頼んで家族めいめいの靴の底に縫い込んでもらい、興安丸乗船の際の検査を逃れて持ち帰った。

当面は、その金で居ながらにして生活できる、と信じていたところ、インフレの昂進で日ごとに貨幣価値が下落し、楽観を許さない状況になってきた。

そこで母は、いく分でも食糧の自給をはかろうと、二反歩ほどの畑を借り受けて、農家の真似事を始める。

その田舎というのは、背後に緑濃い山を背負い、目の前に遠浅で波静かな入り海を持つ風光明媚《めいび》な場所で、山といえば朝鮮独得の禿《は》げ山、海といえば仁川沖の泥海しか知らなかった私たちには、別天地の趣であった。

しかしながら、死火山の裾野にあたっていて、耕地面積が狭く、しかも火山灰地のため主たる作物としてはサツマイモくらいしか育たない。母が借りたのは、ながいあいだ雑草の生えるにまかせていた山間《やまあい》の斜面の荒れ地で、耕やすには開墾にひとしい労力が要求された。そういう畑だからこそ、貸してもらえたということになる。

翌二十一年の春休みに一家総出で、その荒れ地に鍬《くわ》をふるった。それで耕やせたのは半分の一反歩にも満たない。

化学肥料など手に入らないので、土地の人に教えられて、住まいに近い浜で海藻を拾い集め、それを借り物のリヤカーで片道三十分はかかる畑まで運び上げ、不細工に切った畝《うね》に埋めた。

だが、その施肥はごく一部にとどまった。私たち兄弟が浜と畑との往復に、たちまち音を上げてしまったからである。

とにもかくにもサツマイモの苗を植え、ふだんの日は、母が私たちを学校へ送り出した後、一人で畑の手入れに通う。草むしりをしていると、通りかかった老人が真顔でたずねたという。

「なんば作っとらすと？」

伸びたのはしぶとい雑草ばかりで、育ち切れないサツマイモのツルはその陰にかくれている。目の悪い老人は、勢いのよい雑草を、見たこともない珍しい作物と錯覚したのである。

秋の収穫は惨めであった。海藻を入れた畝の株だけは辛うじて実をつけたが、あとは親指大がせいぜいであった。

その年の十一月、父は何の前触れもなく、納屋の入口に姿を現した。

「おとうさんの幽霊が帰って来たぞ」

というのが、一年三カ月ぶりに再会した父の第一声であった。

その言葉通り、父は見るかげもなく痩せこけ、顔は生気を失って、まさに生ける屍であった。肺結核の既往症を持つ父は、心身両面の苦痛を伴う残務整理で病気を再発させていたのである。

父が勤めていた会社の城津工場は、朝鮮で一、二の規模を持ち、高周波電流による特殊鋼の製錬をしていた。その設備は、鴨緑江《おうりよつこう》を渡って侵入したソ連軍の手に落ち、南北分断占領の既成事実化が進む中で、ボルトの果てにいたるまでソ連本国に運び去られるが、それでも京城本社に残された資産は厖大《ぼうだい》であった。

米進駐軍はその資産を接収するにあたり、前段階として、指定した朝鮮人の企業体への事務引き継ぎを命じた。

いまは亡い父の生前の話によると、その引き継ぎをめぐって、相手方からかなりの圧迫が加えられたようである。初期には、銃を手にした若者たちに取り囲まれて、軟禁状態に置かれたという。

相手方は日米のあいだに入り込んだのを奇貨として、資産の一部を帳簿から落とすよう要求した。彼らはそれを自分たちのものにしようとしたのである。

日韓併合いらい日本の官民に収奪され続けてきた現地の人びとにすれば、日本企業の資産は本来、すべて朝鮮に帰属すべき性質のものである、という論理も成り立つ。その一部をよこせといって何が悪いのか、と相手方は強硬な態度で父に迫ったという。

敗戦直後の京城では、父と同じような立場にいて、会社の資産を現金にかえ、それを雇った闇船で私的に内地に持ち帰ったものが、一人や二人でなかったらしい。

そういう行為は論外としても、どの道、会社の手を離れる資産であるのだから、あの混乱期に相手方の要求を受け入れたところで、父がとくに非難されることはなかったはずである。

だが、父はそれを拒み通し、私たちが引き揚げた後の家で起居をともにする部下たちに、毎朝、洗濯した下着をつけて出掛けるよう求めたという。

そのうち軟禁状態は解かれたが、部下のうちの何人かは父の指示に従い、相手方の尾行を避けるため遠回りしながら取り引き銀行へ行って大量の現金を下ろし、それをそろそろ往来が困難になっていた三十八度線を越えて、城津に運んだ。工場の朝鮮人労働者数千人に退職金を支払うためにである。国家権力が崩壊した空白状態で治安は乱れており、運び手には字義通り命がけの仕事であった。

父は元々、健康がすぐれないところへ持ってきて、残留組の責任者としての苦労が重なり、すっかり重病人になってしまったのである。

引き揚げて来た父は休養をとる暇もなく、残務整理の報告のため上京した。十日ほどで戻ってくると、翌二十二年の年明け早々に一家で東京へ移り住むことになる。父の病いを癒やすには、気候温暖で、それなりに食糧にも恵まれた田舎にいるのがいいのはわかっているが、そのまま寝ついて上京の機会を逸し、失職してしまうのを、本人がおそれたのである。

到底、仕事のできる身体ではないが、家族を引き連れて東京へ出て行けば、会社がなんらかの形で残務整理の労に報いてくれるだろう、という期待が、父にはあったようである。同時に、息子たちの将来にかかわる教育のことも頭にあったに違いない。

ところが、兄は、一人で九州にとどまりたい、と言い出して、両親をびっくりさせた。

「こんな田舎にいて、これから先どうするつもりなんだ」

父に聞かれて、兄は意外なことをいった。
「漁師になりたいと思うんです」
その返事を聞いて父は激怒した。
「漁師？　何をバカなことといってるんだ」

私たちがいた田舎は、既述のように地味は痩せていたが、海は豊かだといえた。たとえば、潮が引いた後の浜に下りると、アサリやマテ貝がいくらでも採れた。土地の人たちは、なぜかそういったものに見向きもせず、繁殖するにまかせていたからである。

漁師が用いる大きな熊手の恰好をした道具を借りて、干潟のそここに残る水溜まりの砂地を掻くと、身を潜らせているエビが跳びはねて姿を現し、手づかみにできる。また、夏の盛りの干潮時に、水門で海とつながる防潮堤の内側の潟を、子供たちがわざと底の泥をかき立てるようにして駆け回ると、イナと呼ばれるボラの幼魚が白い腹を見せて浮かび上がり、多人数でも分配しきれないほど獲れた。

同じ時季の満潮時には、潮の先に乗ってフグがやってくる。小型だが食用になる種類で、泳ぐ速度は子供の駆け足とちょうど同じくらいである。一尾ごとに狙いをつけ、ものの一、二分間も追いかけていると、どうにでもしてくれ、といったように、大きく腹をふくらませて仰向けになり、動きを止める。そこで、鋭い歯に指先を嚙まれないよう気をつけて、用意した入れ物に拾いこめばよい。

そういうふうに獲物に恵まれた海であったから、ちょっと沖合いに舟を出して釣り糸を垂れれば、メバル、カサゴ、といった小型の釣果には事欠かなかった。

兄は、近所の漁師に手ほどきを受けるうち、ずっと沖合に漕ぎ出してタイなどの大物を狙うようになり、海の魅力にすっかりとりつかれていたのである。

京城というどちらかといえば殺風景な都会に生まれ育った兄にすると、自然に親しむ暮らしは見るもののすべてが新鮮で、毎日がレジャーの連続のように思えたことであろう。しかし、漁師になりたい、という彼の希望は、両親に、一時の気の迷い、と決めつけられ、聞き入れられるはずもなかった。

取り立てていうほどの学歴ではないが、父は高商、母は薬専と、まがりなりに戦前の高等教育を受けており、ホワイト・カラーの生活に馴染んできた。総領である兄が同じ道に進むのは、両親にとって自明のことなのである。

兄は父に一喝されて、漁師の一件は取り下げたが、九州残留の意思は放棄しようとしなかった。しかし、自分だけでは父に抗し切れない。そこで、中学校の担任に相談を持ちかけ、助力をとりつけた。

その担任は寺の住職を兼ねており、遠路、二度も三度もわが家へ足を運んで来て、兄を卒業まで責任持って手元に預かることを条件に、両親を説得する。

兄の学校の成績は、京城にいたあいだ、クラスで五番あたりを上下していたが、田舎の中学校は相対的に学力が低く、家にいるときは海にばかり出て、勉強しなかったにもかかわらず、学年のトップ・グループに入っていた。担任が親身になったのは、そのことも手伝っていたと思われる。

兄が担任に泣きついてまで九州にとどまろうとしたのは、物心がついていらい父に絶対服従を強いられてきた兄が初めて示した自己主張であり、私は目を見張った。

身内について語るのは、いい話にせよわるい話にせよ厄介なものだが、兄の「空白」部分に大きくかかわっているので、最小限、父の人となりを述べておかなければならない。

職場で父の周辺にいた人びとの思い出話を総合すると、父は能力をかなり高く評価され、性格の面でも私心のない清廉の士として信頼されていたようだが、家庭における父は、おそろしく短気で、はなはだしく自己中心的な人間であった。

それは、生活に不自由ない程度の商家に長男として生まれ、下はみな女のきょうだいであったから、甘やかされて育ったところからきている。

父は十六歳で結核を病んでいた生母と死別するのだが、父も五歳のときに罹患し、かりに成人したとしてもせいぜい二十五歳までの寿命だろう、と医師が予言したという。

それがあったので、父はなおのこと大切にされた。生母の死後しばらくしてやってきた継母には総領息子への遠慮があって、父のわがままをいっそう助長したように思われる。

私が物心つくころ、医師の予言に反して、父の結核は勤務に支障のない程度におさまっていた。しかし、父は休みで家にいるとき、終日、蒲団に横たわっていることが多かった。

そういうとき、私たち息子は、物音を立てないよう母にしょっちゅう注意されて、二階に通じる階段の上り下りや廊下の行き来に足音を忍ばせ、お喋りにも声をひそめるのであった。

一般に、結核にかかると神経が過敏になる、といわれるが、父の場合はそれが並はずれており、私たちが二階で立てるちょっとした物音や笑い声を敏感にキャッチし、母を注意役として差し向ける。それで私たちが静かにしていればよいのだが、何分にもまだ子供だから、ついつい興に乗って二度、三度、注意を受けることがある。そういうとき、父はかんしゃく玉を破裂させて、年かさの兄を折檻《せっかん》した。

襟首をつかまれて宙に吊るされたり、押し入れに長時間、押しこめられたり、夜、もう帰ってくるな、と言い渡されて、投げ与えられた毛布一枚を手に、表へ放り出されたり、と、父に様々なお仕置きを受けた兄が、五十路に入ったいま、最も屈辱的だった思い出は、裸にされて柱にくくりつけられたときのこと、と話す。

兄弟三人のだれもが、父の膝に抱かれた記憶を持たない。そればかりか、わが家には父と子の会話さえなかった。

一家団欒《だんらん》といえば、さしずめ家族揃って食卓を囲む場面がそれにあたるのだろうが、息子たちには食事の時間が苦痛であった。父のそばにいると、いつお説教が始まるかわからないからである。一刻も早くその場を離れるため、残りの飯を茶漬けにしてかき込み始めると、それがヤブヘビになったりした。

兄が飯に二度茶をかけて、ひどく叱られたときのことを思い出す。

「お前は、わずかな量のご飯にどれだけお茶をかければ済むのか、そんな簡単なこともわからないのか。だめな奴だ」

そういって、父は昔話を持ち出した。ある殿様は、嫡男が兄と同様、飯に二度茶をかけたのを見て、一目で必要な茶の量もはかれない者にとても国は治められない、と咎《とが》め、家督をその弟に譲ることにした、というものである。

父は、行儀作法にうるさく、それこそ箸の上げ下ろしにも、移り箸はいけない、迷い箸は無作法だ、食器の音を立てるな、といったふうに、いちいち叱言《こごと》をいった。

よくあるていの話だが、父によると、左衛門尉《さえもんのじょう》清隆とかいう武将が、田舎におけるわが一族の始まりなのだそうで、たしかにその名を刻んだ墓が土地に残されており、少なくとも私たち一家がそこに住んでいたときまで、親類の年寄りたちは折々の墓参りを欠かさなかった。

しかし、それをいってみたところで、始まらない。現実に、父は、とるに足らない商家の出なのであり、その家庭背景からすれば過ぎた高商卒の肩書も、大卒たちに伍しての昇進争いとなると、格落ちを免れない。

上昇志向の強かった父は、コンペティターたちを意識するとき、おそらくその分だけよけいに、自身の出自と学歴を引け目に感じていたのではなかったか。

ともあれ、私が成人してから見るところ、父は人間の幅が狭く、対外的には世間体を気にするスタイリストであった。

私は小学校の高学年に進んでから、父が家に置いた書類か何かを、母にいいつかって会社へ届けに行ったことが何度かある。

三つの課長を兼務する父は、二部屋にまたがる数十人の部下を抱えていて、その立居振る舞いは颯爽としており、蒲団の中にいて神経質に声を荒らげている姿を見慣れている私の目には、まるで別人と映った。

何にしても、父のそばに長居は無用である。届け物を渡すと早々に帰ってくるのだが、ある日、父に引き止められた。

「お父さんもすぐ帰るから待ってなさい」

というのである。

退社の時刻がきて、私は父と一緒に会社の車に乗った。父には専用の車はついていなかったが、送りの車は自由になっていたようである。

父の前では畏《かしこ》まるのがならいになっていたので、初めのうちシートの背もたれに背をつけてきちんと坐っていたが、当時、子供に車はたいへん珍しい。つい、窓から外を眺める気になって身を乗り出したとたん、父に強い力で引き戻された。

「行儀がわるいぞ」

父は運転手の耳に届かないよう声をひそめ、しかし、厳しい語調で叱りつけるのであった。こうした場面にも、必要以上に外形にこだわる父の性分が表れているように思う。

父は京城本社の残務整理をだれからも後指さされない形で仕遂げたことを、生涯、誇りにしていた。私もその実績を認めるにやぶさかではない。しかし、外にあっては精一杯体面を取り繕い、そこからくるストレスをもっぱら家庭で自己中心的に振る舞うことで発散していた父を息子の一人として振り返るとき、引き継ぎの全過程を通じて父が貫いたとされる責任感ないしは正義感、さらには朝鮮人および後から現れた進駐軍将校を向こうに回しての民族の一員としてのプライドといったものも、多少色褪《あ》せてくる。息子たちにとっての父は畏敬《いけい》というより恐怖の対象であった。

そこで、父が不在であった九州における一年三カ月を、とりわけ父に脅えて育った兄に則していうなら、物心ついて初めて味わった安穏な日々であった、ということになるのかも知れない。そして、その延長で考えると、上京を前にして兄の残留希望は、本人が意識するとしないとにかかわらず、父と同じ屋根の下での生活を忌避する気持の表れであった、ともいえるであろう。

同じ兄弟でも、私は東京へ出て行けるのが、ただただうれしかった。百姓の真似事に代表される田舎の暮らしそのものに飽き飽きしていたし、それ以上に、地方特有の排他性、閉鎖性にうんざりしていたからである。

学校からの帰り、下車駅の改札口を出ると、兄は地元の通学組に駅の横手にある倉庫の裏へ引き立てられて行き、連中がはいている高下駄をいくつか重ねた上に正座させられて、小突かれたり殴られたりするのであった。

「引揚者のくせに生意気だ」

というのがその理由である。

いまの私は同世代の中で背丈のある方だが、そのころは学年で最も小さい部類に属していた。そのせいか、兄のような目に遭わずに済んだが、物陰にいて兄を助けることもかなわず、地元の連中の野蛮さに対する憤りと、飛び出して行こうとしない卑怯さへの自己嫌悪がないまぜになって、結局は惨めな気分に陥るのであった。

兄は抵抗もせず、かといって憐みも乞わず、連日、相手のやりたい放題に身を任せていた。沿線各地で引揚者の子弟を対象に似たような出来事が頻発していたが、そのうち学校側の知るところとなり、全校生徒を集めての校長訓示がきっかけで、終息に向かう。

しかし、地元の人間に対する違和感は、私の中で解消されなかった。ごく最近、改めてそのことを兄にぶつけたところ、こういう答えが返ってきた。

「バカな野郎どもがきた――と思うくらいで、お前がいうほどには感じなかったなあ」

何もかも亡父のせいにするつもりはないが、兄は幼時から折檻に慣らされていたため、そうした仕打ちに対する耐性とでもいったものを身に備えていたのかも知れない。

それはともかく、兄の残留希望は父に受け入れられるはずもなく、昭和二十二年の正月三が日が過ぎると、わが家は全員揃って上京した。

家のない私たちは、戦争末期に内幸町にある東京支社が事務部門の一部を疎開させる目的で購入した、郊外の屋敷の離れをあてがわれた。

その屋敷は、京王線の千歳烏山から駅一つ西に寄った仙川にあり、なんでも、戦前に某宮家が旧市内に御殿として建てたが、玄関の向きが宮内省の規格にかなわないとかで正式採用にならず、それをさる富豪が譲り受けてそっくり移築したという、たいそうな代物であった。

甲州街道に面した見上げるばかりの大門の両の扉からは、かつてそこにあった菊の紋章が取りはずされており、その痕跡をうっすらと残すだけであったが、築地塀《ついじ》の屋根瓦の一つ一つには、目こぼしにあずかったらしく、菊の紋章が焼き込まれたままになっていた。

門から玉砂利の道が中央に円型の植え込みを配した車寄せへと続く。部屋数は母屋に十と離れに三つであった。御殿としては少ないような気もするが、造りがまるで違う。廊下ひとつをとっても幅が一間半で、座敷寄りに半間幅で畳が敷いてあった。

座敷の天井に渡した横木や作りつけの棚は、厚みが一尺はあろうかという檜であった。私たちの占有部分となった離れの襖には、狩野派の絵筆になる奇妙な体型の虎が眼を光らせていた。

二千坪からの敷地には、回遊式の日本庭園がつくられてあり、独立した茶室のほかに、仏堂まで建っていた。

片田舎の納屋暮らしから一足とびに御殿暮らしとなった私たちは、そのことを喜ぶより寒さをかこつ方が先であった。廊下を広くとってあるので、部屋が暖まらないのである。暖をとるといえば、置き炬燵《ごたつ》と手火鉢が頼りで、背中はいつも冷えていた。

父は東京に着くと同時に寝込んでしまった。予期していたことではあるが、これがわが家の「戦後」をいちだんと暗いものにする。

その年の三月、GHQ経済科学局が、財閥解体・独占禁止を目的に制定された過度経済力集中排除法の実施機関である持株会社整理委員会に「追放令」を発し、これに基づいて大企業の経営陣は一斉にその座を追われた。代わって「三等重役」の登場となる。

父の勤める会社でも、旧重役がすべて退いて、東京支社の課長たちがそれぞれ新しい役員に昇格した。父は、何よりもまず静養して健康を回復してもらいたい、ということで、新重役陣からはずされる。

母はその処遇に不満で、愚痴をこぼした。父は本社で最右翼の課長であったのだから、支社の課長たちが重役になるのなら、当然、父も加えられなければおかしい、というのである。その言葉には、本来、京城に居残らなければならない旧重役たちに父が残務整理の責任を肩代わりさせられて、その結果、病いを再発させたにもかかわらず、それに報いようとしない支社の人びとに対する恨みもこめられていたようである。

あるいは、外地会社につきものの本社と支社のあいだの力関係が、朝鮮における事業の基盤が失われたことで逆転し、優位に立った支社側が父を新重役陣から排除することによって、一挙に主流を占めようとしたのかも知れない。

しかし、そのとき父は洗面器に一杯の喀血《かっけつ》を繰り返し、明らかに死にかけていた。公平に見て、だれも、そういう状態にある人間を重要なポストにはつけないであろう。

それにしても、都市ではタケノコ生活で命が保たれていた時代に、売る物が何一つないわが家の暮らしは窮乏をきわめた。近郊に泣きつくことのできる農家の親戚でもあればまだしも、郷里は遠く九州なのである。

食べ終えると、なまじ少量のものが胃の腑へ落ちたばかりに、それまで麻痺していた空腹感が甦《よみがえ》るという種類の夕食の後、唯一の娯楽であるラジオの放送劇に耳を傾けていて、母親が妙に感じ入っていた場面を思い出す。

いまにして考えると、そのドラマの筋立てはたわいのないもので、都会の主婦が郊外へ買い出しに出掛けて行って不首尾に終わる、というだけの話である。

七尾伶子の演じる主婦は、農家の庭先に収穫したばかりのサツマイモを見つけ、分けてもらおうと頼み込むが、農家の主婦はそれが供出用であることを理由に、にべもなく断る。だが、町からやって来た主婦は、容易にはあきらめない。相手を「奥さん」、「奥さん」と立てて、哀訴さえするのである。

「ほんとに感じがよく出てるわ。これまで農家の人を奥さんとはいわなかったものだけどねえ」

七尾の演じる卑屈さは、現実に母自身のものでもあったのだろう。

わが家では、父親と子供の食卓は別室に分かれていた。結核をうつしてはならない、というのが表向きの理由であった。しかし、私たちは、食事のことで子供をひがませまいとする母親の配慮から出たものであることを知っていた。

乏しい食糧の中から、少しでも栄養価の高いものはこっそり父に回される。私たちはそれを当然とわきまえていた。父がいなくなったら、たちまち路頭に迷う。死にかけていても、生きている限り、父が一家の大黒柱であることに変わりはなかった。

私たちの救いは、ヤミ成り金などごく一部を除いて、都民のほとんどが飢餓線上にあったということである。飢えていたのは人間ばかりではない。

上京して約一カ月後の昭和二十二年二月中旬、千歳烏山駅のすぐ北側の畑で、野犬の群れが二十二歳の女性を食い殺すという、にわかには信じられない事件が持ち上がった。

〈……うつ伏せになった死体は裸体で、顔、右モモ、左腕上部、左肺上から肺まで食いとられ、頭はガイコツさながらというむごたらしさ、現場二十メートル四方内にちぎられたオーバー、洋服、下着、髪、タビなどが四散、残雪の上に血が点々としており、生々しい格闘のあともあった。

吉川さん（引用者注・畑の持ち主で死体の発見者）の話では、発見前夜十八日夜、地震のあった直後の十時半ごろ、野犬のほえつく声と女の悲鳴が数回聞え、そのとき同家の納屋裏に三頭の大きな犬がうずくまっていたといい、付近にはいつも数頭の野犬が群をなしているところから、この群に襲われたものと見られる。

……野犬狩は警視庁衛生係が四組の業者に請負せ連日地域別に行っているが、その成績は昨年十二月に五十五頭、本年一月に七十八頭、二月は十九日までに三十頭で、一組二人で一日に一署管内を単位に回るのでなかなか徹底しない。成城署管内では昨年十月から現在まで一頭も捕えられていない〉（昭和二十二年二月二十日付け朝日新聞）

私たちが住んでいた屋敷のあたりは北多摩郡神代村下仙川（現調布市仙川町）だが、門の前の甲州街道を北東へ三百メートルほど行くと、そこは世田谷区の給田で、そのすぐ先が現場である。事件の衝撃性が、いっそう身近に感じられた。

その年の三学期から兄と私は千歳中学校に転入した。兄は四年、私は二年であった。その直後、兄にまだ予定にはなかった大学進学の話が持ち上がる。父が籍を置く会社の同僚の一人が中央大学のＯＢで、母校の評議員か何かをしており、合格を受け合うから中央大学を受験させないか、と、父に兄を進学させるよう勧めてくれたのである。

当時の私大は、戦後の混乱期ということもあって、入学が比較的容易であった。もし、明白な裏口入学の意識が父にあったなら、その性格からして誘いを断っていたように思う。

旧制中学は五年制だが、四修といって、四年修了でも上級学校へ進むことができた。だが、それは、目指す先にもよるが、おおむね学力が際立っている生徒に限られていて、例外に属した。

田舎の中学に一年あまりいて、勉強の遅れを自覚していた兄は、大学受験を当然、一年先のことと受け止めていたから、降って湧いた話にためらいを見せたが、父にいわれるまま中央大学予科を受験する。

兄を大学へやるのが既定の方針である以上、ここで一年間を短縮できるかどうかは、病床にいて現役復帰の見通しがつかないまま焦燥感を深めている父にとって、重い意味があったのである。

父の会社はGHQの管理下に置かれ、城津工場を失った後、合わせてもその規模に遠く及ばない都内と北陸の二工場で、特殊鋼製錬の技術を活かしたカミソリの製造などで細々と営業を続けていた。そういう状態では、社員に満足な給料が払える道理はない。まして、寝たきりの父に恩恵的に届けられるのは、わずかな額のものであった。

兄は、父の同僚の口ききに助けられたかどうか、ともかくも入試に合格して、大学に通い始めたが、新しい学生服を買ってもらえず、父のお下がりの国民服を着、京城時代からのいたんだ編上靴をはいての通学であった。あの時代だから、軍服など似たような服装の学生もかなりいたに違いないのだが、兄には学生服しか目に入らないらしく、私に惨めさを訴えることが再々であった。

わが家が置かれた状況では、学費の捻出が手一杯で、ほとんど小遣いを与えられなかった兄は、友人の映画や食事への誘いを断るばかりであり、それが金がないためと知れると、余裕のあるだれかに奢られることになって、どちらにしても肩身の狭い思いをしなければならない。

植民地生まれの私たち兄弟は、現地の人びとを見下すような教育を授けられ、その一方、社宅にいた関係で、社員の奥さんに「本田さんの坊ちゃん」と呼ばれるなど、周囲から立てられることに慣れっこになっていた。

名家の御曹司ならいざ知らず、たかだか中間管理職の小倅、しかも他民族に害をなす植民者の二世で、顧みて心得違いもはなはだしいが、そういう私にして敗戦からしばらくのあいだ、いわれのない落魄《らくはく》の思いにとりつかれていたことを、この際、告白しておかなければならない。

それでも、中学生だった私はまだ狭い世界にしか住んでいなかったから、さほどでもなかった。兄は学年にして私の二つ上であるに過ぎないが、大学生ともなれば社会のあれこれがいやでも目に映る。

戦後は、それまで隠されていた人間のあらゆる欲望が剝《む》き出しにされた時代であり、全体としては窮乏していたが、金さえあればそれらがいちおう満たされた。そうした世間の姿を目のあたりにするにつけ、欠乏感にさいなまれていた兄は、惨めさをつのらせていったのである。それと軌を一にして、兄は上京して来たことをしきりに悔いるようになった。

夏の夜、空腹に耐えかねた兄が私をかたらって、屋敷の近くの畑に忍び込み、盗み出したサツマイモを庭の池で洗って生かじりしたのを思い出す。私は一口で吐き出してしまったが、兄は一個をかじりつくした。身体が大きい分だけ、兄の飢餓感は私のそれよりいっそう深刻だった、ということであろう。

田舎では、サツマイモのたぐいで我慢するつもりなら、食糧に不自由はしなかった。兄は不承不承東京へやって来ただけに、何かにつけて田舎を懐しみ、その反動で、父が血を吐く苦境の中で促した大学進学も、本人にはありがたみが感じられず、かえって苦痛となった。そして、通学の行き帰りに新宿を徘徊《はいかい》するうち、本来のコースをはずれて、盛り場の怪しげな魅力に引き寄せられていくのである。

皮肉なことに、兄が盛り場へ向かう一助になったのは、息子たちをそうさせまいとして父が手ほどきした、麻雀であった。

たしか、上京した年の夏休み期間中のことであったように記憶する。いくらか体力を取り戻していた父が離れの縁側へと起き出して来て、庭先で時間をもてあましていた兄と私を呼び寄せ、できるだけ太い竹を探して切り出してくるよう言いつけた。屋敷の東側と西側の塀沿いに、合わせれば百本や二百本ではきかない孟宗竹が植わっていて、春先にはふんだんにタケノコが採れ、それが連日、食卓にのぼって、食べて身になるという性質のものではないが、一時的に飢えをしのぐ助けになった。

父は手近にいくらでもある竹を素材にして、麻雀牌《パイ》づくりを思い立ったのである。後年、母が明かしたところによると、父は、息子たちが荒んだ世相に刺激を受けて悪い遊びに走るのを心配し、その予防策として家庭麻雀を思いついたのだという。といっても引揚者の家に牌のあろうはずはなく、その手造りから始めようという寸法であった。

子供には、叱責するときのほか、一切かまおうとしなかった父のにわかな変貌は、その人生におけるどん底で、初めて私たちにそれとわかる形をとって示した愛情の表現であり、また、ときの世相をきわめて異常な事態として受け止めていた証拠である。

わが家の異変ともいうべき父と息子たちの共同作業は、肉の厚い竹の根元部分を選んで、まず糸ノコで適当な大きさに切り揃え、トクサをかけて切断面のぎざぎざをとり、一九牌と字牌の図柄と文字を彫刻刀で彫り込んでいき、最後に墨と絵の具を入れる、という手順で進められた。

不細工ながら一組の竹牌が仕上がると、父はそれをテーブルの上に並べ、平和に始まる役を実際の組み合わせで順々に示し、名称の一つ一つを正式に漢字で書いて覚えさせた。

次いで、点数の計算である。まだゲームを一度も経験していない兄と私には、これが容易でない。しかし、父は、私たちが間違えずに計算できるまで、出題を繰り返した。

さらに進んで、麻雀のセオリーが講義される。父は、テンパイしている相手になぜスジが比較的通りやすいかと説明し、翻って、自分がペンチャン・カンチャン・タンキの変則待ちをする場合には、スジで引っ掛けるのがかなり有効であることを伝授するなど、その内容は戦術面にも及んでいた。

父の体力が続かないので、講義は一日に三十分間からせいぜい一時間であった。それが約二週間にわたって続く。その間、「学科」ばかりで「実地」はお預けであった。

私の周辺に、そういう形で麻雀を教えられた人間は一人もいない。かんしゃく持ちでいながら緻密で論理的な物の考え方をする父は、息子たちに麻雀の手ほどきをするにしても、基礎を理詰めに叩き込まないことには気が済まなかったのであろう。小学生の弟はそこからはずされて、父、兄、私に母が加わり、家庭麻雀が始まった。

「あれが失敗だった」

ほどなく父は、兄に関して、麻雀を教えたことをしきりに悔やむのだが、束の間、わが家にも一家団欒の光景が描き出されたのである。


その夏が過ぎたあたりから、私たちが住む屋敷は次第に難民収容所の趣を呈し始めた。

わが一家が離れにおさまったとき、母屋には、戦災で焼け出された東京支社員の二家族と、京城から引き揚げて来た一家族、それに管理人夫婦が住んでいるだけだったから、屋敷にふさわしい静寂さが保たれていた。

ところが、京城から引き揚げていったん郷里に落ち着き、東京の形勢をうかがっていた社員たちが、細々ながら会社の事業が再開されたと知って偵察に上京、そのうちの何人かが、屋敷に空き部屋があるのを見届けて郷里へ取って返し、家族を引き連れて入り込む。家族を地方へ疎開させていた東京支社員たちのあいだにも、これにならうものがあった。そこに、三十八度線を越えて命からがら逃げ帰った旧城津工場のスタッフとその家族が加わり、母屋の十部屋のうち、七部屋が埋まってしまった。

残る三部屋のうちの一つは、短期上京者の宿泊用に確保され、あとの二つはそれぞれ三間続きの真ん中にあたっており、その両サイドに住むお互いのプライバシーを最低限守る配慮から、空いたままにされた。そうこうするうち、戦時中からいた管理人夫婦が、社員の家族に自分たちの居住空間を明け渡して出て行く。つまり、その時点で母屋は満杯になったのである。

それら七家族の主人はいずれも私の父より若く、その子供たちのうち小学校へ上がっているのは一人だけで、他はすべて幼児か乳幼児であった。

栄養不足のせいでなおそうなのか、赤ん坊たちは火のついたように泣き声を上げる。一部屋でやっとおさまったかと思うと、今度は別の部屋で始まるといったふうで、それが離れにいても耳聡《みみざと》いわが家の父の神経に障る。

それればかりではない。まだ聞き分けのない小さい連中は、終日、廊下で物音を立てるか、広い庭を大声でわが物顔に駆け回るかして、その合い間には、泣いたり泣かせたりの喧嘩である。

父は、昼間からよくそんなに眠れるものだ、と感心させられるほど、毎日、午睡をとった。そして、その眠りを妨げられると、極端に不機嫌になる。

だからといって、いかにわがままな父でも、他人の子を叱りつけるわけにはいかない。なにしろ外面はしごくいいのである。私たち息子は、とばっちりがくるのを怖れた。

それでもまだ、一家で離れの三部屋を占有しているあいだはよかったが、いちばん遅れてやって来た旧城津工場長の遺族とその部下だったスタッフの家族を離れに迎え入れるに及んで、父の眠れない日が始まる。

旧城津工場長をかりに野崎と呼ぶことにしよう。東京帝大の出身で、当世風にいうと企業城下町である人口三万余の城津に常務取締役・工場長として君臨していた野崎は、ソ連軍が工場の施設を本国へと運び去る際、同時に拉致《らち》されて、戻らなかった。病死と伝えられたが、死に到る状況はさだかでない。それがどのようなものであれ、会社は殉職として扱うのが当然であろう。しかし、そうではなかった。

未亡人は残された三人の子供を連れ、くわしく述べればそれだけで一篇の物語になる苦難の末に日本へたどり着く。亡夫の郷里に悲しい報告を済ませ、上京の段になって会社を頼ったところ、はかばかしい返事が得られなかった。

野崎の遺族が、東京へ出ようにも、その前提となる住まいのあてがなく、田舎にいて立ち往生していることを知った父は、会社を通じて一部屋の提供を申し出る。それならついでに、といわれて、もう一部屋も、引き揚げの際に一家と行をともにしてその世話を見た小西という社員に明け渡すことになったのである。

小西とその家族は奥まった四畳半に入り、野崎の遺族は茶室に造られた七畳の間におさまった。その結果、私たちの一家は、茶室と襖一枚隔てた十二畳の間にまとまる。父にしてみれば、小西一家まで離れに迎え入れることになろうとは考えていなかったようだが、野崎の遺族に居住空間の一部を譲るかどうかについて、ためらいはなかった。

七家族が雑居する母屋でさえ、襖一枚で隣接する状態を避け、おのおのの独立性が不充分な形にせよ保たれているのである。それでなくても神経過敏な父が、襖越しにお互いの生活のありようが筒抜けになる雑居状態を、自ら選んだのは、どういうわけであったのか。

私が推測するに、まず、工場長という責任の重い立場にいてそのために命を落とした野崎への悼みがあり、それが悲運に見舞われた遺族に対する会社の冷淡な扱いを知ったとたん憤りに転化して、瞬時、自身が置かれた現実を忘れるほどに熱くなったのであろう。

さらにいうなら、敗戦を境に朝鮮半島に出来《しゅったい》した困難な状況から遠くにいて、なん

ら労するところなく新重役の座を手に入れた東京支社系に対する、公憤とも私憤とも
いいがたい感情が、そこに働いていたかも知れない。
　それはそれとして、離れでも始まった雑居生活が、父の療養にマイナスに作用した
事実は否めない。一時期、立ち直りの兆を見せていた父が、また床についたきりにな
るのである。
　そのころ、母屋では、ひっきりなしにやってくる短期上京者を中心に、麻雀が盛ん
になりつつあった。屋敷の住人には牌をいじるものが少なく、メンバーが足りないと
なると、父を介して兄に穴埋めの依頼がある。父は、未成年者である兄が大人のあい
だに交ざるのを、内心では喜ばなかったが、頼まれるといやとはいえない性分だから、
二度、三度、応じているうち、いまさら断れなくなった。
　父に基礎を叩き込まれた兄は、素質にも恵まれていたようで、めきめき腕を上げ、
短期間で大人たちと五分かそれ以上に打ち回せるまでになった。それですっかり自信
をつけたのが、両親を嘆かせるもとである。
　初めから、ごく短いあいだ、という話で離れに入った小西一家が、半年ほどで都内
に住まいを見つけて出て行き、それからまた半年ほどして野崎一家が、母屋の一部屋
が空いたのをしおに、そちらへ移った。

離れはふたたびわが一家の占有するところとなり、十二畳は父の、七畳は母と弟の、四畳半は兄と私の寝間にあてられる。

それからいくらも経たない冬の日の夜半、いったん寝つくとめったなことで目をさまさない私が、どういう加減か尿意を催して厠《かわや》に立ち、部屋に戻って来たところで、枕を並べているはずの兄がいないことに気づいた。掛け蒲団が寝姿の形に盛り上がっているのだが、どこか不自然だったからである。そっとめくって見ると、丹前と毛布が縦長に丸めてあった。

目が冴えて寝つかれずにいると、明け方、中庭に面している四畳半の濡れ縁に人の気配がして、戸袋に近い雨戸をそっと開きにかかる。私はとっさに寝たふりをして、蒲団に潜り込む兄を咎めなかった。

その日の夜十時を回ったあたり、兄は私の狸寝入りに気づかず、部屋を脱け出して行った。どうやら、家族が寝静まった後、連夜のようにこっそり出掛けては、明け方までほっつき歩いているらしい。それにしても、いったいどこで何をしているのだろう――。不安に駆られた私は、まどろみながら兄の帰りを待ち受けた。

翌朝早く、雨戸の隙間から部屋に身を滑り込ませた兄は、起きている私を見て、一瞬、ぎょっとした様子であった。

「毎晩、毎晩、何やってるの」

以前から感づいていたかのように声をかけると、兄は照れ笑いを浮かべた。

「なんだ、お前、知らないとばかり思ってたのに――」

しっぽをにぎられていたとわかって、かえって気が楽になったようである。兄は新宿の麻雀クラブへ出掛けて行って賭け麻雀を打ち、下りの一番電車で帰ってくるのだ、と打ち明けた。

「そうだ、今度、お前も新宿に連れて行ってやろう。麻雀はお前には無理だけど、銀シャリを腹いっぱい食わせてやるよ。いわなくてもわかってるだろうが、親父とお袋には内緒だぞ」

私には、両親に言いつけるつもりはなかったが、新宿に連れて行ってもらおうとも思わなかった。そのとき中学三年で、深夜の盛り場はまるで自分とはかけ離れた世界としか考えられなかったからである。

しかし、その数日後、寝ていたところを兄に揺り起こされ、新宿行きを持ち掛けられると、随いて行く気になった。

私は和田組のマーケットで、約束通り丼に山盛りの白い飯を食べさせてもらった後、武蔵野館の斜向かいにある麻雀クラブに連れられて行き、卓についた兄と別れて、終電車で帰宅する。

したがって、私は家を空けたわけではないが、その夜の行動で、兄とのあいだの秘密を決定的に共有した事実は動かない。両親に対して後めたい思いがあった。しかし、やがて家出した兄を探すのに、わずかな新宿での見聞が手がかりになるのである。


この話は別のところでも書いたが、母の右手の中指は、内側へ向かって「く」の字型に曲がっている。あれは、大量喀血を続ける父に三度目の絶望が宣告された昭和二十四年の早春のことだった、と思う。さして売る物もない貧寒とした離れの中を見回しながら、母は葬儀費用の算段に入っていた。

悪いことは重なるもので、折も折、右手中指のヒョウソウをこじらせた母は、フランクフルト・ソーセージのように腫れ上がった患部を包帯で巻いて、眠れない夜をいく晩か過ごした。病院に行くよう私が勧めても、「もうじきよくなるから」といって、腰を上げなかった。その費用くらいわが家になかったわけではない。だが、母は、それも葬儀代の足しにするつもりであったのだろう。

さらにいく晩かが過ぎて、私はとうに電灯が消されているはずの七畳間から、うっすらとあかりが洩れているのに気づいた。いよいよ痛みに耐えきれなくなった母は、ローソクの炎に安全カミソリの刃をかざして消毒すると、もちろん麻酔もせず、その刃で患部を削り落としていたのである。

兄が家に寄りつかなくなったのは、その時期に相当する。バイオリンの演奏を通じて音楽に親しむ兄は、繊細な神経の持ち主であり、張りつめた弦がぷっつり切れる瞬間をただ待っているような、家庭に居たたまれなかったのであろう。

「お兄さんがどこにいるのか、あなた知ってるんじゃないの。もし知ってるんだったら、行って連れて来てちょうだい。お父さんはああいう人だから、口には出さないけど、お兄さんのことをとっても心配しているのよ。これでお父さんにもしものことがあったら、間に合わなくなるでしょう。その前にお兄さんの姿を見せて、お父さんを安心させて上げたいのよ」

母にそこまでいわれれば、例の夜の一件を隠しておくわけにはいかない。私は秘密を打ち明け、新宿へ出向いて、飯を食べさせてもらった和田組マーケットの中の店と、ちょっとだけのぞいた麻雀クラブをとっかかりに、兄を探し当てたのである。

彼は麻雀クラブで知り合った和田組の若い衆のつてで、マーケットの二階、といっても、カウンターの中にかけた小さな梯子で上り下りする狭い天井裏に寝泊まりさせてもらっていた。兄は暴力組織に属していたのでもなく、警察沙汰を起こしたこともない。これは、身内だからかばっていうのではなしに、事実である。しかし、世間一般からは暴力団の準構成員くらいに見做されても抗弁できない、きわどい場所に立っていたことは否定しようがない。

ここまで触れずにいたが、兄を新宿の賭け麻雀に誘い込んだのは、野崎家の長男、久（仮名）である。

久は、戦時中に中央大学に入学し、その後ずっと親元を離れて東京で下宿していた。したがって、引き揚げを体験していない。例の屋敷でまた家族と一緒に住むようになった。

久の生い立ちこそ、良家の子弟というにふさわしい。わが家の両親は、彼と初対面の挨拶を交わした後、その挙措と言葉遣いの見事さを、しばし称賛してやまず、彼を手本にするよう私たちに申し渡した。

その久から直接、賭場荒らしについて語って聞かされたとき、私の驚きは大きかった。

「ハジキ持って乗り込んでさ。動くな、動いたらぶっ放すぞ、って、一声わめいたら、だらしねえのよ。みんな手上げちゃってさ。そこにあった現ナマ、全部かっさらって、アバヨでおしまい。だって野郎ども、サツに届けるわけにもいかないだろう。だからさ、こっちに度胸さえあれば、賭場荒らしがいちばんいいんだ」

どこでどう曲がったか、付き合いのない私には知る由もないが、久はいまなお暴力団の世界に生きている。

このあたりで、そろそろわが家の「戦後」を締めくくるとしよう。

父は辛うじて命脈を保つうち、新薬の出現に助けられて床を離れ、昭和二十七年、経営陣に加わって、同三十七年まで生き長らえた。

兄は紆余曲折こそあったが、昭和二十八年に中央大学法学部を卒業、逮捕歴一つつくことなく、正業を営んで現在に到っている。

いきなりいまの時代にあてはめれば、遵法者の枠組内に身を置く兄と、野崎久のあいだには、たいへんな距離がある。その計測は正しい。しかし、あのころの二人は、それこそ襖一枚分の隔たりしか持たなかった。同じようなことが、面識のないまますれ違った兄と花形敬についてもいえるのではないか。「戦後」は、そうした視座を抜きにして、語れない、と思うのである。

4

敗戦直後の千歳中学校は、見た目にも学園のていをなしていなかった。

校舎の中央昇降口の上に、三畳分がせいぜいの小部屋がある。横に細長く、背筋を伸ばせば頭が天井につくという狭苦しい空間で、小部屋といったが、部屋としてはおよそ機能しない。球場のスコアボードの裏側を縮めたものだと思えばよい。そこに、台湾から引き揚げて来た国語のY教諭夫妻が住みつき、一児をもうけた。

その三人家族が住まいを見つけて出て行ったあとに、やはり国語のM教諭夫妻が入り込む。

校舎二階西側に鉤《かぎ》の手になって張り出した生物教室があり、その前の廊下の行き止りを仕切って、そこには東大出の英語のC教諭が住んでいた。

彼は満洲にいたが、敗戦時の暴動で妻子を残らず虐殺され、単身、引き揚げて来たのである。以前には、旧制静岡高校の教壇に立っていたといい、千歳には過ぎた教師だとされていた。

一階の職員室の前から二階へ通じる階段の下には、これも台湾からの引揚者である物理のK教諭夫妻が、乳呑児を抱えて入った。

一方、体育館裏手の器具置場（旧銃器庫）には、長野の出身で、東京文理大を出てのT教諭（数学）が、母と妹を連れて移り住んだ。

これでは、例の屋敷がそうであったように、学校というより、難民収容所の趣に近い。

中央昇降口に後から住みついたM教諭は、自分につけられた綽名《あだな》の由来を、後の校内誌に、次のように書いている。

〈我輩はライオン先生である。ライオンとは申すまでもなく小生の綽名である。そもそもどういう次第で、このような綽名がついたか。

小生、本学園に着任の時、蓬髪垢衣《ほうはっこうい》、義父からゆずりうけた海軍服に、沖縄から持参致した海軍靴といういでたちであった。しかも小生の容貌はどうも二枚目と申し兼ねる。かかる小生の御面相と蓬髪で、まず生徒諸君の頭には、或る動物のイメージが出来上ったに相違ない。所がまずいことに、一週間もたたない時に、何かのことで小生、生徒に一喝をやった。維摩《ゆいま》というえらい仏弟子は、黙っていても雷の如き響きがあったというが、小生そんな器用なまねはできない。要するに吠えたのである。その時、小生の蓬髪が波うって、あたかも獅子のたてがみの金色に光るが如くであったと生徒は語ったが、これはどうも伝説であると思われる。ともかくこれ以来、小生の綽名はライオンということになった〉

M教諭が突如、発する大音声は、たしかに、生徒を驚かせるに十分であった。新任の彼は、授業中、これを多用した。

しかし、その効き目は、初めのごく短いあいだのことで、それを知ったらしい彼は、やがて咆哮《ほうこう》をやめる。

教師の威厳は生徒に向かって、吠えれば保たれるという性質のものでもない。

何分にも、彼の住まいは、生徒の往来がもっとも激しい中央階段の上に位置しているのである。思春期の生徒たちは、そこからひきずってくる夫婦生活の余韻を、壇上の彼に認めた。

そのようにしてのぞかせる生活の裏側が、教師の権威の失墜に一役かっていたことは否定できない。

しかしサラリーマンの子弟が大半を占める生徒たちも、そのほとんどが生活困窮者なのであり、それだけのことで教師を軽んじたりはしなかったはずである。

問題は教育者である彼らの豹変ぶりにあった。N教官の場合が何よりの例であろう。下士官上がりの彼は、戦時中、配属将校だった堀内の下で、教練の教官をしていた。敗戦後は、教えるべき何物もない。そこで、GHQの方針に基づいて新設された社会科の担当となった。

社会科は、断るまでもなく、あらたに始まった民主主義教育の大きな眼目であった。その担当を、よりによって、元の軍事教官に割り振るというのは、民主化政策が教育の現場でどのように受け取られていたのかを、如実にあらわしている。

この人選は、旧体制になお信をつなぐ教師たちの、GHQに対する抵抗、などといった大袈裟《おおげさ》なものではなく、ただの便宜主義が生んだものであった。

まったく未知の教科がGHQによって押しつけられた。当然のこととして、その担当者はいない。教練が廃止されて、N教官は余剰人員となっていた。新しい教科が彼に回された。それだけのことであった。

失業寸前の彼に対する生活救済、それ自体はよい。だが、Nに社会科を割り振った学校の上層部は、生徒たちに対する配慮を決定的に欠いていた。サーベル持つ手をチョークにかえて民主主義を説くNが、説得力を持ち得るはずもなかったのである。

戦後もしばらくの間、千歳中学校の生徒は、「十二中」の校章をつけていた。物資不足のため、新しい校章づくりどころではなかったからである。そういう時代だから、新しいカリキュラムが組まれても、それに見合う教科書は現場に届かなかった。

教壇に立ったNは、さぞ困惑したに違いない。GHQから下ろされて来た「民主主義」を、彼もまた、手さぐりで撫で回すだけの人間であった。

最初の授業を迎え、慣れない手つきで黒板に「三権分立」と書いた。書いてはみたものの、彼はいかにも頼りなげであった。

他の教師たちも、大なり小なり、気まずいところに身を置かなければならなかった。その最たるものが、日本史を受け持っていた教師たちである。

新しい教科書が出揃うまでの間、戦時中の教科書が暫定措置として使われた。だが、GHQとしては皇国史観に貫かれたものを、そのまま用いさせるわけにはゆかない。不適当な箇所を逐一挙げて、その抹消を命じた。授業時間に教師が問題の箇所を指摘し、生徒たちは帰宅後、それに相当する部分を墨で塗り潰すのである。

すかして見ても読めないよう完全に消さなければならない、と教師は念を押した。

その口調には、取ってかわった権力者に対する怯えとでもいったものが漂っていた。抹消されたのは、皇国史観が色濃くあらわれた箇所であり、同時に、つい先ごろまで、教師が力点を置いて説いたところである。それを、経緯はともあれ、彼自身の指示によって塗り潰させる。歴史学につながるものの自己否定に他ならない。墨をする生徒のめいめいは、唯一無二とされていたものが虚構として葬られる儀式の小さな司祭であった。教師はそのときから、改宗を迫られた邪教の宣伝者の身へと転げ落ちた。

藤居寛（前出）は、そのころを次のように振り返る。

「戦後の学園の荒廃はかなりのものでしたね。教える立場の人が、まるで立場を変えていうんだから。いくら子供だって、信用しませんよ。授業拒否なんていうこともありました。出入口に机を積み上げて、先生を入れないようにするんです。『おい藤居、何とかしてくれ』なんて、窓の外から頼まれたりしました」

戦時中から最近まで千歳に奉職した山本幸次教諭（日本史）は、かつての私の担任である。

「ボイコットというのは記憶にないが、六期あたりに、教科書も開かなければ、ノートもとらないという生徒がいたね。そんな授業きいても仕方がない、というんだな」

墨を塗られて虫喰い状態になった教科書は、「戦後」を象徴するかのようである。そこでは、過去が否定されただけで、新しい指導理念はまったく展望されていなかった。

本村校長は、昭和二十一年一月八日付けを以て退職、のちに文化服装学院の舎監におさまった。

一期生の平岩正昭（前出）はいう。

「本伝《もとでん》さんから教わったので、忘れられない西郷南洲の言葉があるんだ。他にはからずして決すべきこと三あり。一つ、わが生命を絶つとき。一つ、わが職を辞するとき。一つ、わが妻を切るとき。

三つ目は、ちょっとうろおぼえなんだが、ぼくたちは十五、六歳のころ、朝な夕なにそれをいわれていた。ちょっといい言葉だろう。

本伝さんはその言葉に従って、自ら職を辞したのだろうけど、洋裁学校の舎監なんかにおさまって、千歳の同窓会に顔出したりしていた。それはないと思うんだ。少なくとも、彼の口車に乗って、戦争で死んだ生徒がいるんだから」

北京で敗戦を迎えた平岩は、収容所に入れられたとき、コルト2号と実弾七十二発をこっそり持ち込んだ。彼のような城外の居住者には、護身用の拳銃の所持が認められていて、コルトは肌身になじんだものであった。

北京から天津へ送られ、LSTで引き揚げて来たのは二十一年三月である。彼は文化学院の学生になった。

戦後の盛り場にまず彩りを添えたのは、ダンスホールである。空襲に明け暮れていた東京の若者は、解放感をそこに求めた。ミラーボールが回り、ジャズが流れるフロアは、燈火管制に馴染んで来た彼らに、別天地のようであった。

平岩も、伊東屋の五階、松坂屋の地階、三越の裏と次々にオープンしたダンスホールへ出入りするようになる。

二十三年十一月のこと、彼は文化学院の女子学生をパートナーに、三越裏の美松でジルバを踊っていた。

「はくいスケ連れてるじゃないか。ちょっとおれたちに回せよ」

一目で不良と知れる三人が、平岩の相手を連れ去ろうとした。断れば喧嘩である。そういう時代であった。平岩は路地の暗がりに連れ出された。

腕には自信がある。身構えると、なかの一人が、内懐から拳銃を引き抜いた。さすがに動けない。三人に袋叩きにあった。

地下鉄を渋谷で玉電に乗り継いだ平岩は、自宅に隠していたコルトをポケットにしのぼせて、美松へ取って返す。三人連れの不良は、まだ踊り呆《ほう》けていた。

「先ほどはどうも。ご挨拶がわりに、そこまで——」

辞を低くする平岩に気を許して、彼らは、後について来た。路地に出るなり平岩は振り向いて、コルトを構えた。三人は反射的に両手を上げる。まず、相手の拳銃を取り上げておいて、コルトの銃把で三人を次々に殴り倒した。

意気揚々と引き揚げて来たら、自宅には三鷹署員が待ち構えていて、その場から留置場入りとなる。なぜ、管轄の違う三鷹署に逮捕されたのかは、いまもってわからない。

平岩は、どこの組織にも属さなかったが、世間的には不良であった。しかし、彼は、悪の道には進まない。一期生の級長を良民の枠組にとどめ、五期生の副級長を暴力の世界へ押しやったものは、いったい何であったのだろう。

平岩はいう。

「そっちの方の下地だったら、ぼくの方があったと思うけどね」

本人にしてからが、この問いには答えられないのである。

ただ、一つだけいえるであろう。遵法者を良民だというのであれば、厳密な意味でその名に値するのは、ヤミ物資を拒否して餓死した山口判事一人だったのではないか。

法も秩序もないにひとしい。混乱の世の中で、ストイックな遵法は死を意味していた。一億総犯罪人の時代である。巷にはジャングルの論理がまかり通った。

恩地日出夫（前出）が書いているように、生き方は一人一人が模索するほかなかった。あるものは知性に頼り、あるものは感性にゆだね、あるものは肉体に依存した。

千歳中学校にラグビー部が創設されたのは、敗戦の翌年である。

『千歳ラグビー部名簿』（昭和五十年六月発行）に、四期生の五島晋作（自営業）は次の一文を寄せている。

〈昭和二十一年の、母国の敗戦という未曾有の苦難の時に、千歳ラグビー部は誕生した。

人々は食糧を求め、屋根を探し、衣に奔走するだけで、明日への希望、将来の夢などはおろか、お互い生きて行くだけに汲々としていた時代であった。

笈《きゆう》を負い、青雲の志を抱いて母校の門をたたいた若者たちも、戦雲急を告げるや、あるいは学徒動員で軍需工場に、あるいは軍隊に駆り立てられて行った。

そして、敗戦。母校の門に一度は散って行った彼らは、三々五々と帰って来た。手を取り肩をたたいて喜び合う姿に力はなく、その目にも光はなかった。そして、その数は、入学した時の半数にも足りなかったのである。

餓死、闇市、強盗、暗黒、卑屈、頽廃、まったくやりきれない時代であった。夢多かるべき若人が混迷の社会の汚濁に、まさに押し流されようとしていた。

そんな時にこそ、何か一つの目的を持って、自分を守るべきだと考えた。何かやらねば!!

その考えに賛同して集って来た若人は、四期、五期を合わせて二十名を越えた。「健全なる精神は健全なる肉体に宿る」とは泰西の名諺《めいげん》であるが、全員もここに着目したのである。全員が知っている柔剣道は、占領軍の方針で禁止されていた。男らしく、男にしか出来ないスポーツはラグビーだ。そうだ!! ラグビーをやろう!! 彼らは少しのためらいもなく、ラグビー部の創設に歩み出したのであった〉

なぜ、彼らが数ある競技の中からラグビーを選び出したのか。これだけでは不明である。

ラグビー部の創設は、主として、復員組を中心に行われた。その一人、四期生の相馬雄二(新宿中村屋前社長)の場合でいうと、彼は海軍飛行予科練習生、つまり予科練の十三期生であった。

海軍ではラグビーを闘球といいかえて、正課に採り入れていた。これが海兵や予科練からの復員組によって千歳へ持ち帰られたのである。

こうして起こった部創設の動きは、学校側によって阻止された。

表面上の理由は、食糧難の折から、エネルギーを極度に消耗するラグビーは好ましくない、というものであった。危険を伴う競技である、との危惧もつけ加えられた。だが、学校側の懸念は、別のところにあった。復員生徒に、旧海軍の正課であるラグビーなどをやらせたら、「軍国主義復活」ということになって、咎め立てを受けはしないか——。

教師たちは、自失の状態に身を置いて、GHQの禁忌に触れるのを、ひたすらおそれていた。彼らをかたわらに、生徒たちがまず、荒廃から立ち上がろうとしたのである。

創設メンバーの中に花形敬の名前が見えている。彼はそのとき三年生で、身長は一メートル七十をはるかに越えていた。その強健な肉体を見込まれて、勧誘されたのである。

部活動に許可が下るまでの二百日間、彼らは、資金づくりに精を出した。

五期生の中山靖由（モービル・ライフ社長）の思い出に、夏の日のことが残っている。

「相馬さんのお父さんが中村屋の社長をしていた関係で、チョコレートをお前たちにやろう、ということになったんです。あとはそれをどうにかして自分たちで賄え、ということなんですね。

そいつを一個十円で、知り合いに買ってもらった。何しろ、当時のチョコレートといえば貴重品だから、持って歩くときに、落としてはいけない、とられちゃってもいけない。木下藤吉郎の草履じゃありませんが、後生大事に抱えて歩くものだから、向こうに着くとドロドロに溶けているんです。これがチョコレートか、なんていわれましてね」

いよいよ部活動が始まって、チームらしいものができてくると、練習試合の相手が必要になってくる。

イートン、ハロー、ラグビー、ウィンチェスターといったようなイギリスのパブリック・スクールから盛んになっていったのがラグビー・フットボールである。生い立ちからすると名門校の球技ということになるのであろう。その伝説を踏まえて、東京で、最初にこれを採り入れた中学校は慶応義塾普通部であった。

しかし、慶応は、地理的に、いかにも離れ過ぎている。千歳が胸を借りたのは、もっとも近い成城学園、それに成蹊、学習院などのジュニア・スクールであった。いわゆる〝お坊ちゃん学校〟ばかりである。それらのチームと対戦するとき、世田谷の千歳中学校は、いかにも泥臭く見えた。

何しろ、まともなジャージーをまとっている者は皆無なのである。父親が着古したラクダまがいの毛の下着を譲り受け、母親に頼んで襟をつけてもらったものが、その代わりをしているといった塩梅《あんばい》であった。

「人種的に差別されているような気がして、お坊ちゃん学校とやるときには、猛烈な敵愾心《てきがいしん》を燃やしたものです」

と、かつての部員は告白する。

花形に与えられたポジションは、フォワードのセコンド・ローであった。頑強な身体に恵まれた彼に、別名ロックと呼ばれるこのポジションは打ってつけであった。役目としては、押して、押して、押しまくることである。彼の性分にも合っていた。

ところが、花形をお坊ちゃん学校との試合に出すと、やたらにラフ・プレイが目立つのである。そのたびに反則をとられて、千歳チームは劣勢に立たされる。

どうやら花形は、坊ちゃん面を目の前にしていると、虫酸《むしず》が走るらしかった。

そのうち彼は、その種の試合には、自分から出場を遠慮するようになった。

「おれ、今度は行かないよ。おれ行くと、みんなにわるいもん」

改める気持はないのである。

吉田伸一（前出）には、忘れられない花形の科白《せりふ》がある。それは、例の入校期訓練のとき、たまたま同じ分隊にいて聞かされた。

「おれは、ハナが高《たけ》えんだ。何でも一番になるんだ。そういう教育受けてるんだ」

「ハナが高え」というのが、「花形敬」をもじったものであることは説明を要すまい。

彼は幼いころから「他人に負けちゃいけない」といわれて育った。それを彼の耳元で繰り返したのは母親である。

のちに刺殺された花形が生家に帰って来たとき、遺骸に取りすがった美以は、つめかけた安藤組の組員たちにこういった。

「私は敬を、負けちゃいけないと、強い人間に育ててきました。でも、皆さん、これからは喧嘩に負けて下さい。私が間違っていたんです」

千歳のラグビー・チームは、練習に明け暮れた。関東ローム層の校庭は、一雨くると泥濘《でいねい》と化した。全身泥にまみれて、憑《つ》かれたように楕円型のボールを追うフィフティーンは、校内で敬遠され気味であった。

だが、チームは着実に力をつけて、元旦に始まる全国中等学校ラグビー大会の出場を目指すまでになってきた。代表には、関東地区から一校だけしか選ばれない。そこで最強チームと目されていた群馬県立高崎中学校に練習試合を申し込んだ。

遠征が本決まりとなって、千歳の一行は高崎へ乗り込んで行った。駅を降りて、部員の一人が、同行のN教諭に煙草をせがんだ。

「ばか、ここをどこだと思ってるんだ」

断られたと思って、あきらめると、Nはいった。

「学校に着くまで我慢しろ」

高崎中学校の校門をくぐると、Nは先ほどの部員を、まっすぐ便所へ連れて行った。

「おれが外で見張ってるから、早く喫ってこい」

新生の箱の乏しい残りから、Nは一本を差し出すのであった。

Nというのは、前に出て来た、かつての教練の教官である。生徒との新しい関係は、このようにして保たれていたといえる。

キック・オフの前に両軍が向かい合って整列し、挨拶をかわす。それが終わったとたん、フルバックのOは、左足のスパイクを脱いだ。

ふだんの彼は、いつも裸足で駆け回っている。遠征だというので、スパイクを持って来たのだが、足に馴染んでいないものだから、かえって邪魔物のように感じられる。左利きの彼は、得意のプレースキックを的確なものにするため、左足からスパイクを取り去ったのである。

最下級生のMは、脱ぐべきスパイクを持ち合わせておらず、両足にあり合わせの荒縄を巻いた。その日はあいにくの土砂降りで、粘土質のグラウンドに足をとられそうだったからである。

千歳は高崎に押しまくられた。泥んことはいっても、千歳のそれとは滑り具合を異にする。まるで勝手が違った。

ハーフタイムが来て、自軍の選手たちの足元を見た相馬が怒った。持っていないものは仕方がないとしても、Oを筆頭に、数人が裸足なのである。

「なぜ、スパイクを脱いだんだ！」

怒鳴ってはみたものの、後の祭りである。最初の遠征は、こうして敗れた。

しかし、千歳チームは、二十三年、全国大会の東京地区予選を勝ち抜いて、優勝の下馬評が高かった保善を決勝戦で降す。そして、翌春の全国大会の出場権をかけて、高崎と雌雄を決することになった。

その試合は接戦になった。9対8と、千歳が1点リードして、後半戦にもつれこむ。終了に近く高崎の追い上げは急で、千歳は押されに押された。1トライを許せば、それで逆転負けである。

窮余の一策で、千歳は逃げ切りの手に出た。球がスクラム・ハーフからスタンド・

オフへ出たら、すぐ左のセンターの吉田に回して、ライン・アウトをねらうのである。ルースになると千歳のフォワードは、リーダー角田（前出）が発する「山」の合言葉で入れ替わり、立ち替わり、突っ込んだ。こうして得たボールを、またタッチ・ラインの外に蹴り出しては、最後の十分をしのぎ切った。

創設からわずか二年で、千歳のラグビー部は全国大会出場を果たしたのである。これを野球にたとえるなら、甲子園出場ということになる。

全国大会にのぞんだ千歳は、第一回戦で四条畷《しじょうなわて》と対戦、9対0で敗退した。この四条畷は決勝戦に進んで秋田工業と優勝を争い、惜しくもチャンスを逃す。千歳としてはいきなり強いチームにぶつかったわけで、止むを得ない敗戦であった。

千歳はその二年後にもう一度、全国大会に出場するのだが、このときは、優勝することになる天王寺と第一回戦であたり、20対3で退けられる。

「全国」の壁はいかにも厚かったが、ラグビー千歳の名は、一躍、関東一円に広がった。その名物は二つあって、「秘密の赤い水」と「生タックル」である。

千歳チームは、ハーフ・タイムを迎えると、円陣を組んで、何やら赤い水を、グラスに一杯ずつ回し飲みした。相手チームは、そこに秘密めいたものを見て「麻薬ではないか」と噂するものがあった。千歳の強いわけは、その赤い水にあるというのである。

正体は、いまなら珍しくもない、ガラナ飲料水である。これも中村屋の相馬社長の提供によるものであった。

二つ目の「生タックル」というのは、こうである。

タックルの練習は、キャンバス地に砂をつめたダミーを稽古台に行われた。これが通常である。だが、それだけでは、もうひとつ破壊力が身につかない。そこで、生身を相手の練習が採り入れられた。

上級生がボールを抱いて走る。これを目掛けて、下級生が飛びつくのである。走る上級生は必死であった。まかり間違えば、大けがをする。懸命にハンド・オフした。生身を相手のタックルだから、「生タックル」と呼ばれた。強豪高崎の選手も、千歳チームのタックルをおそれ、ボールをパッと置いて、逃げることがあったという。

千歳におけるタックルの名手が、花形敬であった。長身長足の彼は、足が速い。たちまち追いついて猛然と飛びかかる。体重は七十五キロからあった。たいがいの相手が、いったん宙に浮いて、地べたに叩きつけられた。

前出の石井には、こういう思い出がある。そのときの彼は安藤組のメンバーに入っていて、花形もその一人であった。

渋谷の盛り場で、石井は若い衆に命じて、素性の知れない不良から金品を巻き上げさせた。一人になってから、街頭で靴を磨かせていると、肩を叩くものがいる。振り返った石井の目に、十人を越えようかという、土方の一団が飛び込んで来た。

「うちの若いのが、かわいがっていただいたそうで――。ちょいとそこまで、顔を貸してもらえませんか」

彼らは、ツルハシとか、木のハンマーとか、ノコギリとかといった道具を、めいめいに持っている。

「靴磨いてんだ。終わるまで待ってろ」

威勢よくいったものの、思案がまとまらない。そこへ、花形が現れた。

渋谷は安藤組のシマになりかかっていた。だれかしら若い衆が、そこいらを徘徊している。石井が窮地に陥っているのを見て、知らせに走ったものがいたのであろう。

「兄貴、どうしたんですか」

花形は石井を立てるように、丁寧な物言いをした。

「いや、この連中が話したいというもんだから」

「ああ、そうですか。じゃあ、ここはまかせておいて下さい」

土方たちをうながして先に立った花形は、渋谷大映裏の空地に入って行った。

ここでも片がつくのに「何秒」しかかからない。リーダー格と目される男の顔面に、いきなり花形の右ストレートが伸びた。その一発で、男は横倒しになり、完全に失神した。

パンチの勢いに驚いて、他の連中は四方へ逃げた。その中の一人を追い掛けた花形は、追いつきざま、相手の腰に飛びついた。千歳の生タックルである。

三メートルは飛んだと石井はいう。地べたに叩きつけられた男の顔を三つ、四つ踏みつけておいて花形は石井に声を掛けた。

「さあ、行こうか」

息も乱れていない。

「そういうとき、花形は恰好つけないんですね。何事もなかったような顔してる。強いのも強かったけど、度胸が凄い。十人くらいいたって、平気なんだから。負けるなんて、全然、考えたことないいんじゃないですか」

これは、いまになっての石井の感想である。

花形たちがラグビーに汗を流している間、林駿一（前出）は四中にいた同学年の高橋昌也ら他校の演劇少年と語らって中学演劇連盟を結成し、明治大学講堂での公演など、芝居に打ち込んでいた。

そういう形でそれぞれがあらたな目標を手さぐりしているうち、花形は林の想像が及ばない異質な世界にのめり込んでいく。彼の表情の変化がそれを物語っていた。「凄い目つきをしてね。うすら笑いをすると、何ともいえない妖気《ようき》が漂って、気味が悪かった。ちょっと表現できないんだが、迫力のある独得の雰囲気でしたね。ああいうのは他に知りません」

林が花形に感じたという妖気は、石井が国士館の裏山で花形を一目見るなり覚えた恐怖を理解する手掛かりになろう。

私が三年生になって間もなくのことである。授業開始のベルが鳴ってから十分も経つというのに、教室に教師が姿を見せない。各教室ともそうなのである。何事かと囁《ささや》き合っていると、職員室から教師たちが一斉に駆け出して来た。私たちの教室は二階にあった。そのうち天井裏でときならぬ物音が起こった。人の走る気配である。

中央昇降口から二つ西側へ寄った五年三組の教室がにわかに騒がしくなった。廊下に顔をのぞかせてうかがうと、「下りてこい」という教師の怒気を含んだ声が聞こえた。後に知ったのは次のようなことである。

不良グループのあいだの符牒の一つに「三階」というのがあった。千歳の校舎は木造二階建てだから、三階など、あるはずもない。花形たちが屋根裏に設けた喫煙所のことである。

校舎はていのいいバラックで、各教室の天井は馬糞紙《ばふんし》を厚くしたような素材ではられていた。五年三組の教室の入口に近い一角をはずして、屋根裏に椅子を運び上げたのが花形である。天井が抜けるといけないというので、梁《はり》から梁へと長さ一・八メートルの板を渡し、その上に数脚の椅子を置いた。

「石川さんに会ってくる」といえば、「三階」へ煙草を喫いに行くということになる。この合言葉は石川啄木から来ている。モクをたく、つまり、タクボクという洒落なのである。

花形たちは、教室の隅から屋根裏に上がって、東のはずれの昇降口から下りるようにしていたが、度重なる「三階」通いのため、教室の黒板脇の板壁が真っ黒になっていた。それが端緒で、秘密の喫煙所の摘発となるのである。

授業開始が遅れたのは、その手筈を決める職員会議が長引いたためであった。

「来たぞ」という見張り役の知らせで、教室へ下りようとした花形は、入って来た教師に見つかって、宙ぶらりんになった。そのとき、「三階」にいた連中は、あわてて逃げる途中、馬糞紙のような天井を踏み抜いたりした。

つかまった生徒は花形を含めて三人であった。彼らは「屋根裏を歩く男」と書いたボール紙を首から吊らされ、職員室の前の廊下に立たされた。そして、無期停学処分を受けた。

生活指導を担当していた山本教諭（前出）によると、花形が学校内で仕出かしたわるさは、これくらいのものである。

「上級生が下級生を殴るというのは、よくありがちなんだが、花形にはそういうことが一度もなかったように思う。虎の威をかる何とかじゃないけど、花形には何人かの取り巻きがいて、ちょいちょい問題を起こしていたのは、そういう生徒たちでね。学校での花形に、これといって思い当たるものはない。

ただ、外では、だいぶ暴れていたようだよ。成城警察なんかにも何度かつかまって、担任の先生は苦労されていたから。

事件になるのは全部、喧嘩で、相手も日大とか、明治とかの大学生ばかりだったようだ。中学生は相手にしなかったんじゃないのかな」

京王線沿線には、下高井戸に日大、明大前に明大の予科があり、いまとは違って、これらの荒れ方はかなりのものであった。

社会面を「学生強盗」の活字が賑わした時代である。学生といっても、その裾野のあたりは、ギャングと見境がつかない状況にあった。

亀山旭（共同通信社編集局次長兼外報部長）は昭和四年六月、朝鮮平壌の生まれである。平壌一中四年で敗戦を迎えた。そのとき一年にいたのが五木寛之である。平壌一中は、校長が勅任官で配属将校が大佐という格式を誇っていたが、千歳に負けず劣らず軍国主義的色彩の強い学校であった。亀山は在校中に何百回殴られたかわからないという。

引き揚げが遅れた関係で、昭和二十二年の新学期から千歳中学校の四年に転入して花形と同期になる。そのとき一緒に入った彼の弟七郎（暁教育図書）は私と同期になった。

亀山は千歳に通い始めて、忘れかけていた平壌一中を思い出した。同じ臭いがしたからである。

「まだおかしな校歌をうたっていた」

と亀山がいうのは、本村伝吉の作詩になる「健児の歌」二番と三番を指してのことであろう。

朝夕に　仰げばたふと

神さびて　白き富士の嶺《ね》
これやこれ　われらが姿
学《まな》び舎《や》の　永遠の象徴《しるし》ぞ

赤く清き　誠ひとすじ
友垣を　かたく結びて
身と心　きたえ修めむ
大君の　しこの御楯と

「あのころ生徒だった連中の体質の中に、本村校長は偉かった、というのが残っている。負けたときの身の退き方が潔かったではないか、というのでね。ぼくはいまもって千歳がいやです」

そう言い切る亀山だが、千歳の教師の質の高さは評価している。

その認識は私が取材で会った五期生のすべてに共通していた。たとえば、いまなお経堂町に住み、花形ら近所の仲間と四人で毎朝、連れ立って登校した思い出を持つ佐藤昭介（株式会社東京計器総合研究所情報技術研究部長）は、こういうのである。

「新設校だったにもかかわらず、教育熱心な先生方が揃っておられましたね。私どもの学年主任をしておられて、文部省の英語の審議官になられた宍戸良平先生とか、教育大付属高校に行かれた数学の方で有名な佐々木元太郎先生とか、やはり数学で、たしかいまも教育大付属駒場高校で教えておられる佐近良先生とか、テレビにしょっちゅう出ておられる、というと妙な言い方になりますけど、それぞれ教育界で重要なポジションを占めておられるでしょう。

そのほかにも、秋田大学の教授をしておられる英語の藤島主殿先生とか、静岡大学の教授におなりになった国語の前川清太郎先生とか、文部省に入られた歴史の安村欣二先生とか、そういう人材を集められたのは、本村校長の功績だと思うんです。

たしかに激動はありましたが、五期生は勤労動員のころからまとまっている感じで、すぐれた先生の下でよく勉強したいいグループだったのではないでしょうか」

林の意見もこれに近い。

「千歳は良質の学校だったと思いますよ。あの時代は日本人全体が虚脱していたから、程度が悪ければ、もっとがたがた行ってしまったはずです」

かりに東大への進学率を優劣の尺度とするなら、私たちの年に二十数人の現役合格者を出した千歳は一流の域に迫る優秀校であった。しかし、それだけではかり切れないものもあろう。

「ぼくは成城学園から歩いて通っていたんだが、田園といえば恰好いいけど、周辺は百姓ばかりでね。あの校舎のたたずまいからは潤いを感じなかったなあ。

周りには一流の女学校がない。仙川にあった山水（現桐朋学園）からは相手にもされず、同じ都立の神代高女とか桜水女子商とかとバレーの試合をするのが唯一の楽しみでね。演劇を見に来てくれるとか、運動会にやってくるとかいう、しかるべき相手校がなかった。つまり、女の子から疎外されすぎていたということが、千歳を考えるときの一つの要素だろうと思うんです」

亀山のこのユニークな観点は、彼と会うまで、私には持ち合わせのないものであった。情緒性の欠如が、花形を荒々しい男の世界に向かわせてしまったということであろうか。

仙川からもう一つ西へ寄った金子（現つつじが丘）駅から学習院へ通う、私たち京王線上りの通学組のあいだで評判の美少女がいた。昭和二十三年に黒沢明監督の「酔いどれ天使」でデビューする元侯爵令嬢、久我美子である。

運がよければ、朝、彼女と電車が一緒になって、仙川―千歳烏山駅の一区間、その気品ある美貌に見惚れることがあったが、憧れることはしなかった。

男ばかり三人兄弟の家庭に育ち、小学校では四年から男女別々のクラスに分けられ、当時としては当たり前の話だが男ばかりの中学校へ進んだ私にとって、貴賤、美醜を問わず、女学生というだけで高嶺の花であった。私たちの世代に少なくないセーラー服願望は、思春期にあまりにも異性から隔離されすぎていたところに根があるように思う。

「千歳の生徒は要するに田舎者でね。それは私が行った外語（東京外語大）にも感じたことなんだが、女を見ると、黙ってしまうか、飛びかかるか、そのどっちかしかできない――」

亀山にそういわれて、私にも思い当たる節がある。

通学のとき、電車の扉が開いて、そこにセーラー服の一群を見つけると、別の扉へと走ったものである。ありきたりの女学生でさえ近寄り難い存在であるのだから、美貌の侯爵令嬢はそれこそ天使の位置にいる。憧れてみたところで、どうなるものでもない。

後年、俳優座の研究所で木下恵介監督に見出され、松竹の青春スターとなって久我美子とも共演した、私と千歳の同期である田浦正巳が、「久我ちゃんはいいよな。何をしたって汚く見えないもの」とわけ知り顔で映画界の裏側を話してくれるまで、私は彼女に人間としての性を感じなかった。

そこへいくと、同じ「酔いどれ天使」でも、衝動のままに行動し、ついには親分と命を賭けて対決する羽目になる若いヤクザを、あたかも地のように好演した三船敏郎は、私たちの憧れの対象であり得た。

花形も当然、この話題作を観たはずである。彼の場合は憧れというにとどまらず、もっと強烈な感情をかき立てられたはずである。それも、俳優三船敏郎というより彼が演じた映画の中のヤクザによって——。

亀山は四年のときの文化祭で、級友と小豆を買って来て汁粉の食堂を開いた。そこへ同学年の不良が現れてタダ食いをしようとした。文句をいうと椅子を蹴飛ばして凄み始めた。そこで亀山に仲間の一人が耳打ちした。

「花形に一言いおうか」

これは、花形は校内ではわるさをしなかったという山本教諭の言葉を裏書きするものである。

「千歳の不良は五、六人で、彼らに調子を合わせていたのを含めても、十五、六人というところかな。そいつらは街では通用しない。学校でのさばってるのがせいぜいでね。

花形は一般の生徒には無関心でしたよ。カタギの連中を殴ったり、いじめたり、罵ったりした場面は、少なくとも私は知りません。なかにはこまっしゃくれたのがいたけど、そんなのを見ていても何にもいわない。花形は矮小化《わいしょうか》されたジャリどもの世界に仲間を見つけ出すことができなかったんじゃないでしょうか。

一部におおらかなのもいましたが、千歳の生徒の性根は〝こまい〟というやつで、弁当を蓋で隠して食べてみたり、試験の答案用紙をわざわざ腕で覆ってみたり……花形はそういう連中のなかにいて、なんだこんなものは、という気持がしょっちゅうあったと思うんです。

彼にはだだっ子みたいなところがあって、淋しさとか甘えとかといったものが、ぽっと表情に出る。しかし、幅狭く進んで行って全体的な包容力を欠いていた千歳の校風は、しょせん彼の生き方を決定するものではなかった。いいかえるなら、学校の雰囲気に彼を引き止める力はまったくなかったということです。

千歳での花形を説明する言葉としては、孤独というより孤高ですな」

屋根裏の一件が契機となって、五年の新学期からラグビー部の主将を務めていた吉田は、「部内刷新」に乗り出す。部員の中に花形と彼のグループに属する生徒が何人かいて、校内の白い眼が部全体に及んでいるのを意識したからである。その背後には、学校側の強い意向も働いていた。

「部内刷新」の手初めに、吉田は花形に退部を勧告するため、重苦しい気分で彼を自宅に訪ねた。

一悶着《もんちゃく》は避けられまい。何といって切り出したものか――。悩み続けていた吉田を迎えて、花形は多くを語らせなかった。

「お前がなぜ来たか、わかってるよ。心配するな」

彼は自ら退部を申し出たのである。

それからほどなく、父正三が自主的な形で退学届を出して、花形は千歳を去った。とどまったところで早晩、強制退学は免れない、と悟らせるきびしいものが学校側の態度に示されており、花形はそうした形で身を退くほかなかったのである。

したがって、千歳の戦後における初の快挙とされた全国大会出場のラグビー部のメンバーに、花形敬の名前は見えていない。

ラグビー部のOBたちは、毎年五月の第四日曜日に家族連れで集まって、現役も加えた「ラグビー祭」を開く。その席で、物故者の名前を読み上げ、全員で黙禱《もくとう》を捧げるのがならいとなっている。

これまでの物故者は八人だが、なぜか病死者は一人もいない。飛行機事故、自動車事故、水泳飛び込みの事故といったように、いずれも予期しない出来事でこの世を去った。

花形も追悼を受ける八人の中の一人である。それは同時代を生きたかつての仲間たちの変わらない友情の証なのである。

5

千歳を退学した花形は、内なる虎に追い立てられるようにして、いよいよ暴力の世界へとひた走る。彼が転校先として選んだ国士舘は、その踏切板の役割を果たした。花形の転入で大いに迷惑したのが石井である。裏山での一件で花形に貫禄負けした石井は、ほしいままに振る舞うことのできた「番長」の座を花形に譲り、自分はNo.2の地位に甘んじなければならなくなった。

石井としては内心で面白くないのだが、喧嘩で花形を打ちのめしでもしないかぎり、仕方のないことなのである。

鬱々として楽しまない石井に、初めてのガールフレンドができた。

玉電下高井戸線の上町に青葉学園という女学校がある。同じ沿線のよしみで、そこの不良少女二人が国士館の校門近くに、自分たちの学校のバザーの券を売りに来た。石井は仲良くなるのにいい機会だと思ったが、女の子が相手だと急に内気になって口もきけない。そこで、その方面に達者な西田という四年生を使って、こういわせた。

「あそこにいる石井さんというのが、切符を全部捌《さば》いてやるから、そのかわりおたくたちに映画を付き合ってもらいたい、といってるんだけど、どうだい」

取り引きは簡単に成立した。

「いいわよ」

という返事で、次の日曜日、二対二のデートが実現する。

渋谷のハチ公前で落ち合い、映画館に入ったが、石井には女の子と並んで座席につく勇気がない。彼女たちを一列前に坐らせ、映画が終わって立つ寸前のどさくさに、うしろの席から声を忍ばせて、次回の約束を取りつける純情さであった。

バザーの当日、石井は花形と連れ立って青葉学園に出掛けた。石井がお目当ての女の子をきょろきょろ探しているあいだに、花形が明大予科の三人連れに喧嘩を売られた。

花形はそのころすでに一メートル八十二センチの背丈があって、いやでも目立つ。

「私、ちょっと離れたところにいて、本当は花形のこと嫌いなんだけど、知らんぷりしてたらあとからしかられちゃうから、行ったわけなんです。

おれ行ったら、わざとおれのこと、『石井ちゃん』なんていって、『石井ちゃんはいいから彼女でも連れて見てなよ』『いいから、いいから』って、こうなんです。

相手は三人掛かりで、『ちょっと来なよ』と、校庭の隅の方に花形を連れて行こうとした。行くも行かないも、その途中で最初の野郎が花形のフックか何かあごのところに一発喰って、気絶しちゃった。

そういうとき、花形は凄い顔しちゃうもんね。マムシみたいな顔するんです。おれら、かげで花形のこと、マムシって呼んでたんだから。

この野郎！　なんて、そんな生易しいあれじゃないんです。かりに花形より喧嘩の強い相手でも、ああいう顔されちゃったら、とてもじゃないけど向かえないもんね。

ほんで、あのごつい身体で、大きい技をするんです。脚をぐっと開いて、腰を入れて、死んじゃうかと思うくらいの殴り方なんですよ。そいつがあごにバーンと入って、一発でひっくり返っちゃった。最初の野郎が。

それからもう一人の奴をね、やっぱり蹴りは使わなかったもんね。手だけですよ。簡単に片付けたんです。

残った最後の奴を、今度は一発で倒さないで、パン、パンと左ジャブで追い込んでおいてから、右のストレートで素っ飛ばした。ドーンと飛んじゃったですよ。でっかい野郎が。

大学生三人を中学生の花形がやっつけるのに、一分とかからなかった。何秒ですよ。ほんの何秒」

石井は三十数年前の場面をついこのあいだのことのように、感嘆を交えながら再現して聞かせるのである。初めて目のあたりにしたすさまじい花形のパンチ力に、それこそど胆を抜かれたのであろう。

たまたまその場に居合わせた国士館の専門部の学生が、花形の意を迎えるかのように近寄って来た。

「とんでもねえ野郎どもだ」

彼は長々と校庭に伸びている三人を足蹴にしようとして、花形に軽く制止される。

「もういいですよ」

これではどちらが年嵩《としかさ》なのかわからない。

花形はこの喧嘩で国士館の番長の座を不動のものにすると、世田谷中、荏原中、園芸学校といった近隣の中学校の不良グループの制圧に取り掛かった。

花形の号令一下、三十人から五十人が午後の授業をサボって、目指す学校へ押し掛けて行く。それと察した相手は、立ち向かうどころか話し合いさえしようとせず、例外なく逃げ出してしまうのであった。

「逃げられたんじゃ、しようがないな」

花形はいたって恬淡《てんたん》としている。後々までそうであったが、彼はシッポを完全に下げた相手に対しては、しごく寛大なのである。

石井はいつも花形と行動をともにしていたが、心から服従していたわけではない。年下の男に指図を受ける屈辱感で、胸の中は煮えくり返るばかりであった。

花形はそういう石井の心理状態を敏感に読み取って、何かにつけいびりにかかる。

「おい、石井、あんまりいじめるんじゃないぞ」

石井が殴り飛ばして頭を押さえつけている連中の前で凄んでみせたかと思うと、翌日にはわざとネコ撫で声で話し掛けたりするのであった。

「どう？　石井ちゃん」

不良の感覚からすると、「ちゃん」づけは、少し格上の人間に対して用いられるものだそうで、この場合は仲間の前で恥をかかされたことになるのだという。石井は花形を張り倒したいところだが、どうにも勝ち目がないので、ぐっとこらえなければならない。それで、なおのこと、屈辱感がつのるという寸法である。

「静岡の方から転校して来た生徒がいまして、そいつが『石井ちゃん、花形を殺しちゃおうか』っていうんですよ。『殺すったって、おれたちにできねえもんな』っていったら、『田舎から漁師の倅でも連れて来て、魚を突く銛《もり》で刺させちゃおうか』なんていったこともある。『そんなことしたらたいへんでねえか』と、おれも悩んでいたんです。

そしたら、藁人形つくって、毎日『花形死ね、花形死ね』っていってたら、死ぬらしいよ、という話になった。おれ、やったんですよ。他人に見られたらだめだというもんだから、縁の下に潜り込んでやったんです。本当のことというと、心臓のところに五寸釘を打ちながら、毎日やったんだけど、死にもどうもしないんです。

花形のこと、大嫌いで、夢見ちゃうんだな。うんざりしちゃって。普通だったら張り倒しちゃうんだけど、勝てないから我慢していたんですよ。そういうのがムラムラ、ムラムラして、夢に見るわけなんです」

そんなある日、石井は花形の使いだという四年生から、近くの寺の境内に呼び出しを受けた。

石井・西田と青葉学園の二人とのデートはその後も続いていたが、石井のお目当てだった器量のいい方が西田を気に入ってしまったので、石井はたいそうなご面相の片方といやいやペアを組まなければならない。

「バカ野郎、少しは遠慮しろよ」

石井がそういうと西田は花形に泣きついた。それでこの日の呼び出しとなったのである。

そのころ石井の心からの仲間は三人だけになっており、その三人も花形の目をおそれて、表立っては石井と行動をともにできない状態にあった。

だが、石井の身を案じたそのうちの一人の森谷というのが同行する。彼も校内での序列は、五番と下らない、いっぱしの不良少年であった。

境内に入ると、花形は老いた松の根元に大股をひろげて座り、はずした眼鏡を右手にかざして、斜めに構えている。その周囲を、見知らぬ顔も混えた十数人が固めていた。

「なんていわれたのかな、あのときは。『てめえ、弱い者をあまりいじめるな』っていわれたのかな。それとも『おい、てめえ、おれと勝負できるか』っていわれたのかな。もう、憶えていないんですが、ともかく脅されちゃったんですよ。それで、おれ、黙ってた。どうしようかな、と思ってね。

そんなときにね、おれについて来た森谷が、『半殺しにするぞ』っていわれて、泣き出しちゃったんですよ。よたってるのが、ぶるって泣き出したんじゃ、どうしようもない。『勘弁して下さい』『勘弁して下さい』って、本当に泣いてるんだから。

おれも、花形の物凄い喧嘩、何回も見ちゃってるものだから、あんなのにやられたんじゃ死んじゃうな、とは思ってた。だから向かわずに、黙ってたんです。殴られたら殴られたままでいようと。

花形について来た連中の中には、下北沢の方の野郎で、学生でも何でもない、新宿のヤクザの下っ端をやってる『塩酸の英坊』なんてのもいましてね。こいつが塩酸の瓶の蓋をあけて、煙の立ってるのを見せびらかしながら『おい石井、これをぶっかけてやろうか』なんて、おれの前を行ったり来たりしている。

そうかと思えば、こっちの方には、刀を抜きやがって『ぶった斬っちゃおうかな、この野郎』なんていってるのがいるし、うしろでは、おれにいじめられた四年生たちが丸太棒持って構えているんです」

その中には、後に花形、石井らとともに安藤組の大幹部におさまる花田瑛一の顔もあった。花形と同じ年の生まれである花田は、そのとき保善の番長で、「石井をやるんだったらおれにも殴らせてくれ」といって、一枚加わったのだという。おそらく花田にとっての石井は、単独では手に余る相手だったのであろう。

どうなるものか予測もつかず、なるようになれと石井が腹を据えた矢先、「待て！」と声を掛けて、境内の四方から私服警官が一斉に飛び出して来た。

生徒たちは、蜘蛛《くも》の子を散らすように逃げた。助かったうれしさで、石井も懸命に走った。

ところが、丸太に乗せて移転中だった校舎の床下に隠れていた石井のところへ仲間が来て、「敬さんつかまったよ」という。花形には勝てないまでも、その次に位する石井である。それが、花形一人を置いて逃げたといわれては、しめしがつかない。そういう気負いが、彼を現場に戻らせた。そして、逮捕される。

「ひっつかまって行った世田谷署の刑事部屋に花形がいましてね。『花形って凄いなあ』って、そのとき刑事がいってきかしてくれたですよ。

境内に踏み込んだとき、一人だけ逃げずに威張っているのがいるから、『花形はどこだ』っていったら『おれが花形だあ！』『ドス持ってるか』ってきいたら、『これだあ！』って、地べたに突き立てて、そっくり返ったっていうんだから。

『こんなのが中学生にいるのかと思ったら、おそろしい。警察に来たって何にもいわない。どうにでもしろ、というだけで、手がつけられない』と刑事がびっくりしていました」

その刑事が石井に明かしたところでは、森谷が渋谷の盛り場で警視庁少年係に補導され、そのとき、近々、花形が石井に呼び出しをかけるという情報をもらしたため、連日、現場に私服を張り込ませていたのだという。

花形と石井は世田谷署に一晩、留め置かれたが、まだ中学生だというので釈放され、一緒に警視庁へ調書を取られに通った。

この一件が学校に知れて、花形は国士館を退学になる。同じ年の九月のことで、彼はほんの数カ月しかこの学校にいられなかった。

花形はどういう手続きを経てか、明大予科に入る。一説によると、ラグビーの資質を買われて引っ張られたということだが、これはあり得ない話ではない。

千歳のラグビー部は、京王線八幡山の明大グラウンドへ出掛けて行って、北島監督が率いる明大ラグビー部の指導を仰いでいたからである。

前説を裏書きするように、花形は明大ラグビー部に所属したが、たちまち部を追われた。規律を重んじる北島監督の下では、しょせん部員が務まるはずもなかった。

私と千歳で同期の一人が新制の明大へ入ったとき、花形はまだ在学中で、その名は全学に轟《とどろ》いていたという。

花形が予科に入って間もないころ、彼の傍若無人ぶりをききつけた学部のいわゆる番長格が、神田から予科の置かれている杉並の和泉校舎へ乗り込んで来た。

彼は花形を屋上に呼び上げ、取り出した拳銃を突きつけた。瞬間、その拳銃は花形の蹴りをくって宙に舞い、彼はコンクリートの上に殴り倒されていた――という話を、入学早々の私の友人はきかされた。

渋谷を遊び場にしていた花形を安藤昇に紹介したのは、前述したように国士館の縁でつながる石井であった。

その石井もお寺の一件で、花形と同時に国士館を退学になる。石井についていた森谷、小川、松原の三人の仲間も彼に殉じる形で国士館をやめることになった。

これら三人のうちの小川は、名教中学校を退学になって国士館に来ていた。石井の語るところによると、あの小川が一計を案じ、名教の在校生に命じて、職員室から在学証明書と成績証明書を数通ずつ盗み出させた。それらの書類に適当な書き込みをして名教の生徒になりすまし、どこか別の学校へ潜り込んでしまおうという算段である。

まず石井と小川が五年生に在学中という書類をでっち上げ、転校先を物色した。

「それがなかなかないんですよね。そんで、西武線の沼袋にある中野学園中学に行ってよたってる奴がいたんで、そいつに頼んでもらったんですよ。そしたらね、そいつが先生に口をきいてくれて、最高学年になって転校する場合には、そのまま五年には入れないが、四年でいいなら無試験で入れてやる、と。こっちは国士館で三年だから、いい、いい、いい、ってんで、小川と二人、中野学園に入れてもらったんです」

と石井はいう。

残る森谷と松原は同じ伝で帝京中学校に転入した。そのとき帝京の番長をしていたのが、現在、日本青年社会長で住吉連合会副会長を務める、その方面では大物の小林楠扶《くすお》である。

石井はそのころはもう学生服を着たまま渋谷の盛り場で羽根を伸ばしていた。そこへ松原が小林を連れて来て、石井と引き合わせる。

「松原は小林と五分に付き合っていた。そのころは、松原や森谷が〝小林〟と呼び捨てにしていて、こいつらがおれの子分だから、お前が小林か、くらいのことを当時はいってたわけですよ。

ほんでもって、小林が渋谷にときどきくるようになった。で、小林に、銀座でヤクザ者やるのと、新宿、渋谷でヤクザ者やるのとだったら、やっぱり銀座がいちばんなんだろうな。同じヤクザになるなら銀座でなりたい。いい親分いたら紹介しろよ――

といったわけなんです」

と話す石井がそのとき考えたのは、いかに楽をして銀座を闊歩するかであった。

彼らの世界でいわゆるいい顔になる道は、何もないところから喧嘩を重ねて、段々名前を広めて行くか、実力のある親分について、いきなりぽんと売り出すかの二つに一つで、渋谷における石井は親分を持たず、前者の道を歩いていた。

「おれも渋谷に出て来て、散々チンピラと喧嘩をしてここまで来たんだが、また銀座でやり直しはたいへんだから、いい親分を知ってたら紹介してもらいたいんだ」

という石井に、小林はこう答えた。

「私、いい人知ってますよ」

「いったい、だれだ」

「高橋の輝ちゃんです」

小林のいうのは阿部重作が率いる博徒住吉一家の代貸浦上信之の舎弟分にあたる高橋輝男のことで、彼は戦前、新宿で安藤昇と同じグループにいたが、戦後、海軍から復員するといち早く銀座に目をつけ、持ち前の度胸と腕力、それに加えるに切れのよい頭脳を武器として、めきめき頭角を現した。

彼は浦上を助けて、銀座に根を張っていた博徒篠原縫之助の勢力を駆逐して、「銀座警察」の別名で呼ばれた大日本興業の会長におさまった。

ところが、昭和三十一年三月六日、東京・浅草の妙清寺で身内の葬儀をとり行っている最中に、ナワ張り争いを演じていた高円寺の博徒向後組の親分向後平ら四人の殴り込みを受け、双方がピストルで撃ち合ううち、向後平は射殺されるが、自らも弾に当たって死ぬ。

高橋の死後、銀座のナワ張りを争って各家が殺到し、戦国時代を現出したというくらいだから、その存在の大きさが知れよう。

石井が小林の案内で毎日のように銀座へ足を運び始めた当時、高橋は売り出しの真っ最中であった。その庇護を受けて、石井は本格的にヤクザの道へと踏み出して行く。このあたりで、花形が石井を通じて安藤と結びつくに至る経緯は後章に譲るとして、その背景となった敗戦直後の状況を説明しておかなければならないであろう。


これまで都内の盛り場の「戦後」について断片的に書かれたものは数多くあるが、渉猟した資料の豊富さもさることながら、あの時代を見据える視点の確かさにおいて群を抜いていたのが、「東京焼け跡ヤミ市を記録する会」により『創』の五十二年一月号から十二月号にかけて連載された「東京闇市興亡史」（以下「興亡史」と略）である。

　この会は猪野健治、茶本繁正、伊藤公一、山下諭一四氏の呼び掛けで結成された、職業もイデオロギーも多種多様な人びとのグループだが、発足にあたって合意をはかった。

　その結果、〈焼け跡ヤミ市は被災都市の民衆にとって、〝戦後〟の出発点であったこと、三百冊に余る〝戦後史〟の重大な欠落部分である民衆史・陋巷《ろうこう》史としての戦後史を目ざすこと、焼け跡ヤミ市を掘り起こすことで、空洞化しつつある戦後日本の民主主義といまにして崩れはじめたGNP信仰、そして戦後日本人の精神風土のあり様を問いかえすこと、戦争の悲惨とその回避の方途をさぐること〉（趣意書から）などが確認された。

「興亡史」は、見渡す限りの瓦礫と廃墟のなかで最初に露店を再開した関東尾津組の新聞広告を紹介している。

〈転換工場並びに企業家に急告！　平和産業への転換は勿論、其の出来上り製品は当方自発の〝適正価格〟で大量引受けに応ず、希望者は見本及び工場原価見積書を持参至急来談あれ　淀橋区角筈一の八五四（瓜生邸跡）新宿マーケット　関東尾津組〉

　この広告は、なんと、終戦から三日目の昭和二十年八月十八日に、都内で発行されている主要紙に掲載されたものであるという。起こした行動の素早さに驚かされる。当時の新聞は、一般広告はゼロに近かったため、関東尾津組の広告はひときわ目立った。

広告が出た翌日から尾津組事務所には、都内や近県から中小企業主がぞくぞくと詰めかけてきた。彼らは軍需産業の下請け業者で、終戦で納入先を失い、半製品をかかえて途方にくれていた。

戦前から新宿に根をおろし、露店商を統率してきた尾津親分は、そこに着眼した。つめかけた業者たちに、現在の設備や半製品を生かし、たとえば軍刀の生産者には包丁やナイフ、ナタを、鉄カブトの業者には鍋をつくることをすすめた。

こうして確保した商品をもとに、八月二十日「光は新宿より」のキャッチ・フレーズでよしず張りの通称〝尾津マーケット〟(新宿マーケット)が開店した。並べた品物は日用雑貨で、値段はご飯茶碗一円二〇銭、素焼七輪四円三〇銭、下駄二円八〇銭、フライ鍋一五円、醬油樽九円、手桶九円五〇銭、ベークライト製の食器、皿、汁碗三つ組八円だった。(前掲書)

尾津は新宿に本拠を置く、いわゆるテキヤであった。

テキヤは、博徒が本来、定職を持たないのに対し、古くから露天商を営んできた。

一説には、神功皇后が朝鮮遠征の途上出産した皇子に、アメを献上した太白というアメづくりがその元祖といわれ、別の説では、古く太古の神農氏に発祥し、十三香具を発明したことから「香具師《やし》」と名付けられて今日に及んでいるともいわれる。

いずれにしても、博徒が江戸時代の侠客から盛んになったのに較べ、テキヤの発生は古く、常に下層の庶民の生業として成り立っていた。

敗戦直後こそ、テキヤにとってまたとない出番であった。彼らは、職の得られない戦災者、復員軍人、引揚者、失業者などを傘下におさめて利益を得、組織的にも拡大していく。

新宿マーケットができたあと、新宿にはさらに二つの露店市場が出現した。飯島一家内山二代目和田組（和田薫組長）が仕切る、武蔵野館から南口へかけての和田マーケット約四百軒と、東京早野会初代分家安田組（安田朝信組長）が「庭場」とする省線の西側沿いの民衆市場約千六百軒がそれである。

こうして東京の闇市は新宿にはじまり、またたく間に都内全域へ広がっていった。〈ヤミ市は、東京では、主要国電駅の周辺に出現した。東京露店商同業組合本部の二十一年七月末現在の調査によると、組合員総数は五万九千六百五十五人で、その構成層は、テキヤ一九・五％、素人露店商七九・八％、不具廃疾者〇・八％で、素人が圧倒的多数を占めている。素人の内訳は、失業者一九・九%、元商人、商店主などの商業者八・八%、元工場主、中小製造業などの工業者三・八%、復員軍人八・三%、軍人戦災遺家族一〇%、戦災者二六・一%、その他二・六%となっている。

あつかい商品は、食料関係が四〇・七%、日用雑貨三八・七%、家庭金属物関係四・二%、工具類一・八%、皮革関係一・五%、電気機具一・七%、その他一一・四%で、食料類がもっとも多い〉(前掲書)

猪野健治は闇市を〝解放区〟と規定して、次のように書く。

〈ヤミ市においては、国籍、階級、身分、出身、学歴等は一切問われなかった。華族も、ヤクザも、軍人も、被差別窮民も、解放国民も同格であり、路上に一枚のゴザを敷いて、貧しい品物を売るところから出発した。新宿の安田組の親分、安田朝信は、その自伝に、「ある宮さま」のために「ショバを割ってやった」と書いている。身分制の呪縛《じゅばく》と差別の長い歴史をもつ日本において、これは画期的なできごとだった。

既存の価値観、秩序、法律、思想をのり越えた地平にヤミ市は出現した。ヤミ市こそは日本の民衆がはじめて体験した解放区であった〉

安藤組の本拠となる渋谷の盛り場も、敗戦時は一面の焼野原であった。

この地区が甚大な被害をこうむったのは、昭和二十年五月二十四・二十五の両日にわたる再度の空襲によってであり、渋谷区は総面積一五・二四平方キロのうち一一・七一平方キロが焼き尽くされ、その比率七六・八五パーセントという厖大な部分が文字通りの灰燼《かいじん》に帰したのである。こうして渋谷区内は猿楽町周辺と松濤町・西原町・大山町・上原町・初台町の一部を除き、ことごとく瓦礫の街と化してしまった。

死者九四六人、重傷者四〇〇人、軽傷者三九九二人、家屋全壊三二戸、半壊四六戸、全焼六七六六八戸、半焼四六戸、罹災者一四八四四五人（東京都民生局戦時援護課調査）という数字が、渋谷区に残された傷痕のすさまじさを物語っている。

渋谷の復興も、まず闇市から始まった。『渋谷区史』は、渋谷がその痛手から立ち直ったそもそもの要因として、次の三つを挙げている。

〈第一には駅を中心とする一帯の地域に大ヤミ市が発生したことであり、次にはターミナル・デパートである東横百貨店が復興して、その中に映画劇場を持ったこと、第三には戦火の中に奇跡的に焼け残った数軒の店と、焼土の渋谷に踏みとどまっていた二十数名の芸妓を起点として、再発足した道玄坂上の円山花街にバラックが建てられ始めたことをあげるべきであろう。以上の三つの要因は荒廃した渋谷に活気を与え、多くの人々を引きつける原因ともなったから、本区の復興はまず道玄坂下から始まったとみてもよいであろう〉

第一の要因とされている闇市については後述するとして、第二の要因に挙げられた東横百貨店も、空襲の際に焼夷弾を浴びた焼けビルであった。敗戦によって各階を占拠していた戦時施設が撤去されるとともに、応急修理を行った同店は、五・六・七階を東急本社のオフィスにあて、三・四階に臨時施設として劇場などを設けたのである。本来の百貨店業務は残りの部分で細々と続けられるという状態であり、戦後もしばらくのあいだ戦時中に引き続いて商品の大半は統制下に置かれていたから、営業は振るわなかった。ちなみに、昭和二十三年度下期の売上高は三六一四一一円であった。

第三の要因とされていた円山の花街は、空襲によって他の地域と同様、丸焼けになったと思われていたところ、消防団の必死の消火活動によって、坂上交番の裏側にあたる一劃の待合「徳の家」、「小松屋」、洋食の「石川亭」など七軒ほどが、奇跡的に罹災を免れていたのである。

これらの店々は、空襲から一週間目の六月一日には、早々と営業を再開した。それに負けまいと、戦災に遇った他の業者も、防空壕の一部を客席に改造、ドラム缶の風呂を立てるなどして、あとに続いた。

当初、当局は、高級飲食店の閉鎖を指令している手前上、建築の規制をゆるめなかったが、戦争に倦《う》んだ民心にせめてもの明るさを与えようと方針を転換、かえって業者の立ち直りに力をかした。それによって建坪十四坪以下の制限つきではあるが、日一日とバラック建てが数を増していく。

八月十五日に天皇の玉音放送があって、九月五日にはワシントン・ハイツ（現在の代々木公園のあたり）に米軍が、エビス・キャンプに英連邦軍が進駐してくると、円山は慰安婦の設備づくりに大忙しとなる。翌二十一年四月には、慰安所を料理屋に改称し、従来の待合を料亭と改め、夜の賑わいは都内随一の活況を呈した。

しかしながら、東横百貨店も円山の歓楽街も、人びとの吸引力において、闇市の比ではなかった。『渋谷区史』は以下のようにいう。

〈本区内の各駅の周辺およびかつての盛り場にも、いち早くヤミ市ができ、明治四十二年に道玄坂に初めてひらかれた夜店のごとく、地面の上にむしろを敷き、或いは箱を並べて、その上に古着、石鹼、落花生、ほし芋、煙草の巻き紙など、食糧や日用品の各種が並べられ、さらには禁制品であったにぎりめしなどを売る者も現われていたのである。

これらの商品はいずれもヤミ価格で売られ、非常に高価なものであったが、当時の世相を反映して、どのような品物でさえも、飛ぶように売れたのである。このような状態が、戦時中に続いてさらに激化した戦後インフレーションの姿でもあった。まして昭和二十一年三月における新円切換えの当時には、少しでも物資を確保したいという心理が働いたためか、渋谷周辺の一大ヤミ市は急激な活況を呈していたのである。

またアメリカ軍が代々木に、イギリス連邦軍が恵比寿にそれぞれ進駐するにおよび、その周辺にいかがわしい職業の女性が増加し、彼女らの手を通じて、アメリカの物資も次第にこれらのヤミ市へ流れるとともに、一方、配給機構が整備し、或いはアメリカ軍からの食糧放出によって、区民の食生活が一応安定してくると、これらの露天商人たちは次第に焼けあとの空地一帯に、長屋式のマーケットを作り始めたのである。

これが本区における商店街の再生の当初の形態というべきであって、焼けトタンによしずを張り、板がこいをした極めて粗雑で簡略なものであったが、これが集団として成長してきた姿は、もはやヤミ市というよりも、すでにヤミ商店街と名づけられるべき性格をもっていたのである〉

『渋谷道玄坂』（弥生書房）などの著書があり、戦前の町並を店名の一つ一つに至るまでそらんじている藤田佳世は、それこそ渋谷の生き字引きである。

彼女は三歳のとき両親に随いて神奈川から道玄坂の大和田横丁に移り住み、十二歳で関東大震災を経験した。

両親は間口二間半、奥行き八間の二軒長屋を借りて甘藷問屋を営んでおり、大正六、七年ごろの家賃は三円八十銭であったという。

そのころの渋谷はこれといって特徴のない鄙《ひな》びた町で、西村果物店の前を流れる宇田川の上流河骨《こうぼね》川が小学唱歌「春の小川」のモデルとなったことでもわかるように、町中から一歩離れると、水車小屋の点在する田園風景であった。

いま賑やかな宇田川町界隈も、戦災に遇うまでは、駄菓子屋とか、ブリキ屋、看板屋、大工とか、市電の運転士とか、佳世によれば「日の当たらない場所でひっそり生きている気のいい人」たちが住んでいて、その暮らし向きは「長屋住まいのちょっと上」といった見当であり、全体としては「花のない暗い町」というイメージを免れなかった。

佳世が渋谷にまつわる思い出の数々をエッセイに綴ったのが『渋谷道玄坂』だが、彼女は専業の文筆家ではない。

昭和九年、すすめる人があって藤田陶器店の嫁に入り、いらい今日まで内気な夫に代わって店を切り盛りしてきた。その間、昭和十一年生まれの長男をかしらとする四男一女を育て上げ、現在は陶器店のほか、宇田川町を中心に「こけし屋」という屋号のお好み焼き屋を七軒も経営している。

焼ける前の藤田陶器店は、いまの109ビルの筋向かいにあたる道玄坂下にあった。経堂に疎開していた佳世が、焼け跡の灰をかいて店の再建に乗り出したのは、昭和二十年の九月に入ってからである。

顔見知りの渋谷駅員の口ききで材木の融通を受けたが、入手できたのは柱と床に見合う分だけであった。仕方なく、羽目板代わりに焼けとたんで周りを囲い、屋根はポータリン紙を重ね合わせたもので葺き、天井にはボール紙を張った。こうして七坪建てのバラックが出来上がる。四畳半が一間で、残りの土間を店舗にあてた。

瀬戸物の窯元《かまもと》は、ほとんどがまだ生産に入っておらず、産地になにがしか現物があったとしても輸送の方が期待不可能な状況だったから、陶器店の呼称に見合う商品はほとんどない。そこで、手に入る品物は何でも店先に並べた。

空気銃の玉が五反田の卸商にあると聞き込んで出掛けて行き、仕入れたものを百個ずつのおひねりにして二十銭の値段をつけたところ、飛ぶように売れた。おそらくは、動物性蛋白質の補給源として、雀などを狙う人が多かったのであろう。

煙草の巻き紙を売りに来た人があったので、買い取って百枚一束三円で店に出した。これもたちまち売り切れた。各家庭では刻み煙草の手巻きが普通になっており、インディアン紙がない場合には、コンサイスを破り取って代用させたりしていた。そのころは煙草の巻き紙でさえも貴重品だったのである。

経堂の農家に嫁いだ幼友達が、リヤカーに余り物のトマトとキュウリの苗を積んで持ち込んで来たので、これも売り物として店頭に並べたが、こちらの方ははかばかしく捌けない。そのうち夕日が当たってしおれはじめた。こればかりは翌日に持ち越すわけにはいかない。「ご自由にお持ち下さい」と札に書いて出すと、またたく間になくなった。

秋が来て、八幡通りに住むという人が、もぎたてのナスを七個ほど届けてくれた。持ち帰った苗が育ってつけた実だという。佳世はしおれた苗が駄目にならなかったことを喜んだ。

このようにして、藤田陶器店は本来の商品ではない品物を扱いながら細々と営業を続けていたが、佳世は夜がくると、夫と姑を店に残して、子供たちが待つ経堂の家へ引き揚げた。住み慣れた渋谷は過去のもので、恐怖が先に立ち、とても泊まる気にはなれなかったからである。

店とは目と鼻の先の渋谷東宝の内部は、焼けたままのがらん洞で、顔のむくんだ浮浪者の溜まり場になっていた。秋も深くなると、その前で焚き火が始まり、いぶる生木に顔をそむけるアイシャドウのきつい街娼たちの姿が、芥川龍之介の「羅生門」に描かれている光景を思い出させるのであった。

渋谷がまだそういう状態にあったとき、中国人、台湾人、朝鮮人のいわゆる第三国人が駅前の焼野原のかなりの部分を占拠して、米などの食糧品やゴム製品など、禁制品を堂々と商って、日本人の露店商を上回る利益を上げていた。彼らには警察力が及ばず、かえって渋谷署の署長や特高主任を呼び出し、戦勝国民としての権利を主張して十数時間にわたって監禁するという事件を起こした。

なかでも台湾人は、中国軍が日本に進駐する機会をとらえて、道玄坂下から渋谷消防署に通じる一劃を中国租界にする計画をたてて、昭和二十一年四月一日、そのデモンストレーションを兼ね、彼らが占拠する「台湾人街」の歩道上に凱旋門を建て始めた。進駐してくる中国軍をこれによって迎えようというのである。

警視庁保安課はただちにその撤去を命じたが、彼らは敗戦国日本の法律の適用は受けないとの理由でそれを拒否した。渋谷署はさすがに黙過できず、「台湾人街」一帯に武器の一斉捜索を実施したうえで、一個小隊を派遣して門を鋸《のこぎり》で根元から切り倒してしまう。

〈このような状況下で、渋谷署はいよいよ闇物資の取り締まりを決行するに至ったのである。七月十五日午後、現在の機動隊の前身である防護課から約二個中隊、渋谷署の署員約五、六十名、それに隣接警察署員の応援を受けて、総員三百名近くで駅前マーケットを包囲したのである。このとき第一線に私服警官を投入し、第二線に制服部隊を配する作戦をとったが、これがかえって悪い結果となり、私服警官が六角棒や丸太棒で撲られて、血を流す修羅場と化してしまった。こうして漸く鎮圧して禁制品を没収し、十数名を逮捕するに至ったが、翌十六日には、早くも禁制品を悠々と販売するなど不逞な行動を示した。渋谷署は再度出動して、拳銃を向けて取り締まり、物品を取り押さえ、台湾人を十余名逮捕したが、彼らは釈放されると、性懲りもなく警察署に立ち寄って暴言を吐いて行くといった具合であった。

……あたかもこの日、松濤町の某家宅に侵入の窃盗被害があって、刑事が現場臨証に行こうとして危険地帯前の公道を通り抜けようとしたとき、道路上に検問線を張っていた台湾人に乱暴を受けて、全治三カ月の重傷を負わされた。急をきいて私服警官約二十名で救出に向かったが、駅前派出所から五十メートル先の道路上で台湾人約百五十名に包囲されて暴行を受け、たちまちのうちに全滅に瀕してしまった。そこで、再び支援部隊三百名が現場に急行したが、駅前附近には二百名に増えた台湾人が興奮の真只中にあり、遂にGHQの介入を受ける始末とさえなってしまった。ともかく、台湾人居住地帯前面の道路上両側に検問線が張られ、自動車や通行人の検問を行ない、特に通行の自動車に停車を命じて、停車しなければ拳銃を発射するという、現在から考えると想像を絶する暴状が平然と行なわれていたのである。そして、渋谷署がこれまで行ってきた武器の一斉捜査や闇物資の取り締まり、凱旋門の撤去などに対して、渋谷署が不当に台湾人を圧迫するもののごとくに曲解し、渋谷署に対しての不穏な空気が高まり、遂に渋谷署を襲撃するという驚くべき渋谷事件が勃発したのである〉(『渋谷区史』)

史上に名高い渋谷事件について述べる前に、都内における露店商のありようを見ておかなければならないだろう。

都内では、初期の段階において、めいめいが思いのままに出店し、相互間の連絡もなく、全体を統制する力も働いていなかった。

そこで、警視庁が指導に乗り出し、昭和二十年十月十六日、統一組織である東京露店商同業組合が結成され、初代理事長に尾津喜之助が就任した。本部は港区田村町の交差点角に置かれ、各所轄署単位に支部が設けられた。この支部に各組、一家が所属したのである。

〈その互選によって支部長が選出され、支部役員は、支部長の多数意見で決められた。つまり支部長や本部役員には、テキヤの有力親分が就任したわけである。その人選については警察は干渉せず、組合の運営も親分衆の自主性にゆだねた。露店商は、否応なく各組、一家の傘下に入ることになり、その統制、警備にはいわゆる〝若い衆〟が当たっていた。

露店商の資格は、当初は何らの制限も加えられておらず、出店地域の所轄警察に届け出るだけでよかったが、昭和二十一年二月六日、警視庁令第二号「臨時露店取締規則」によりそれまで認可されていた者以外は、戦傷者、戦死者遺家族、不具者、戦災にあった小売商の何れかに該当する者だけに限られることになった。

出店資格者は、まず警察にその旨を届け出て許可を受け、出店地域の組合支部所属の組を通じて、組合本部に入会金、組合費を納めなければならない。

一例をあげておく。

新橋で露店商を営もうとする者は、所轄の愛宕警察の許可を受ける。つぎに同地域を取りしきっている関東松田組に組合入会金十円、組合費月三円（三カ月分前納）、支部入会金十円、支部費月二円を納め、出店の証明でもある松田組の「鑑札」をもらう。そして一日一円のゴミ銭を松田組におさめる。警視庁は一日につき三円までのゴミ銭を「慣習」として認めていた。

このほか都道路占有税（松田組は一円）、直接税（甲二円、乙一円、丙五〇銭）、間接税（飲食販売二円、雑貨一円、小物五〇銭）を支部長が代理徴収し、都財務局、税務署へ納入する仕組みであった。

しかし、これは「たてまえ」であって、組合支部長のなかには、露店商の売上げの半分をむしりとる者や、子分が「カスリ」と称して、一日に一、二回、盆をもって露店をまわり、一回、二、三十円の商品を貢納させたりすることがあった。さまざまな名目で集められたカネは、二十一年だけで六千万円に達しこのうち税金として納入されたのは六百万円にすぎない、と朝日新聞（22年11月22日）は書いている〉（「興亡史」）

ここに出ている松田組の親分は松田義一といい、敗戦後、北支派遣軍の軍属から古巣である新橋に舞い戻ると、一帯をナワ張りにする飯島組や並木兄弟一派と抗争を続けたのち、彼らと和解が成って二十年暮れに松坂屋五代目を襲名、新橋随一の顔役となった。

松田は二十一年五月、闇市の汚名返上をうたって「新橋新生マーケット街」の建設に乗り出す。

そのパートナーになったのが渡辺敬吉という人物で、彼は戦災に遭うまで深川の木場で渡辺木材工業を経営していたが、戦後、引揚者や戦没者遺家族の救済を手掛け、新橋の青空市場に彼らの仕事をあっせんするうち、松田と知り合って意気投合した。「新橋新生マーケット街」の計画は、松田がナワ張りとする新橋駅前の二千六百坪を、新しく設立される土建会社新生会（代表社員渡辺敬吉）に四十三万円でそっくり委譲して、渡辺がとりあえず私財一千万円を投入、総二階建坪千九百八十八坪のマーケットをつくって、二百八十八軒をこの中に収容しようというものであった。

松田のナワ張りだという二千六百坪は、戦時中の強制疎開跡で、都の復興計画では緑地帯に予定されていたが、帝都復興のためならばと、都計画局が文句なく土地使用権を認めた。

五月二十日、青空市場の中央に木柵がめぐらされ、その中に材木が山と搬入されて、露店は隅に追いやられた。六月に入ると、各店舗契約金三千円、家賃坪当たり百円で入居者が決定した。

この計画の一つの狙いは、新橋の盛り場から第三国人を締め出すところにあった。当然のこととして、彼らのあいだには強い反発が渦巻いていた。

四百人に近い大工が八月の完工に向けて槌音を立てていた矢先、松田親分射殺という予測もしなかった事件が持ち上がる。

六月十日夜十時半ごろ、芝・桜川町の自宅にいた松田は、酒気を帯びた露店商野寺富二に面会を強要された。仕方なく事務室に通して話していたが、約二十分後、野寺はいきなり隠し持ったピストルを取り出して三発を発射し、そのうちの二発が松田の心臓を貫通したのである。

松田は、戦前「河童の松」と呼ばれていたころ、野寺と兄弟分の付き合いをしていたが、戦後、子分衆千余人を呼号する大親分にのし上がってから、野寺も子分の扱いをされるようになった。不満をつのらせていた野寺は、四月に素行上のことから破門されるに及び、報復の機会をうかがっていたのである。

松田の初七日にあたっていた六月十六日、未亡人芳子による松坂屋六代目松田組長の跡目相続が正式に決定した。全国初の女テキヤ親分の誕生である。

その日、武装した台湾人の一団が松田組の事務所に殴り込みをかけ、死者、重傷者各一人を出す騒ぎになった。これが端緒となって「新橋事件」へと発展していくのである。

当時、法政大学予科の学生であった安藤昇は、自著『やくざと抗争』（徳間書店）の中で、その一幕を次のように書いている。

〈当時、警察官の武装は棍棒だけであり、武力的にはまったく無力にひとしかったから、猟銃、拳銃などで武装した三国人に抗すべくもない。そこで、警察側は背に腹はかえられないということで、日ごろくされ縁の博徒・テキヤの親分衆に援軍を依頼するといったことが多かった。

やくざにしても、敗戦と同時に特権階級ヅラする三国人への反発と日ごろの不満、それに加えて、射ち殺そうが叩っ斬ろうが、公認の喧嘩はこのときとばかりに愛国心(?)を背にしょって馳せ参じ、射ち合ったわけである。

新橋事件のとき、私たちも学校帰りに五、六人で、松田組に助っ人にかけつけた。

「今日の喧嘩は、GHQも警視庁も公認ですから、思う存分、やってください」

鳶《とび》足袋にニッカズボン、白鉢巻の若い衆が握り飯をくばりながら、

「ご苦労さんです、ご苦労さんです」

事務所には、東京中から駆けつけたやくざ者があふれ、だれもかれもフトコロから物騒なものをとり出して点検したり、日本刀のツカにすべり止めのホータイをまいたりしていた。

そのうちに、屋根上の物干台に備えつけた旋回機銃が「ダダ……」と威勢のいい音を立てた。

「いまのは試射ですから……。敵はいま、新橋方面から裏道を抜けてやって来るようです」

「よーし」

と、みんながいきごむ間もなく「ウーウー」と、MPのサイレンが聞こえてきた。

「みなさん、事情が変わりました。手入れですから、おそれ入りますがズラかってください」

私たちはなにがなんだかわけもわからず、すばやく裏口から西桜小学校裏の石炭山にハジキや日本刀をうめこみ、一目散にズラかった〉

六月二十九日午後、東横線渋谷駅で、松田組顧問の芳賀治夫夫妻が台湾人約二十人に暴行を受けるなど、松田組関係者と渋谷居住の台湾人のあいだの小競り合いが続く。そして、七月十六日には、松田組員が大挙して、渋谷の「台湾人街」に殴り込んだ。翌十七日、前述した渋谷署による「台湾人街」の手入れが行われ、中一日おいた十九日、「渋谷事件」が発生するのである。『渋谷区史』によると、その概要は以下のようなことになっている。

〈この事件は七月十九日のことであった。渋谷署においては、台湾人と松田組との紛争に関連して、台湾人がトラックで麻布区広尾方面に移動中の事実を把握するとともに、かねて同署襲撃の情報を入手していたので、相当厳重な警戒を敷いていた。すると午後九時頃になって台湾人の乗車したジープ二台・乗用車一台およびトラック五台が同署前にさしかかったので、警戒中の警察官が先頭車の停車を命じて検問したところ、穏かな態度を示した。そこで通行を許すと、車上から警戒中の署員に向って雑言を浴びせながら動き出したが、トラックの三両目が署長の前を通過した瞬間、突然車上から署長に向って拳銃が発砲され、署長の側近にいた芳賀巡査部長に命中した。署側もこれに応戦、彼らは発砲しながら逃走したが、最後尾のトラックだけは運転手が負傷したために、焼けあとに突込み、その乗員全員を逮捕した。芳賀部長は、八月十日遂に殉職し、ほかにも負傷者四名を出した。一方、台湾人側にも死者五人、負傷者十四、五名があった。この事件の顚末は、終戦後の混乱した世間に大きな反響を与えたのである。しかし、この悪夢のような事件を最後に、台湾人の暴挙も徐々に下火となり、ヤミ市は名を復興マーケットと称して再出発し、世情も漸く新しい街づくりへと着実な足どりをはじめるようになった〉

右の記述は日本警察側の報告に拠っているが、平岡正明は『闇市水滸伝』（第三文明社）の中でこの事件を取り上げ、衝突の現場に居合わせた林歳徳という台湾出身者の証言をもとに、状況をこう再現している。

〈特攻がえりのやくざが日本刀をもっておどりこんできたり、武装警官がドヤドヤとやってきて、物資を没収したりすることが日を追って頻繁になってきた。歳徳らは、在日中国代表団の朱世明団長にたのみこんだ。

「このままでは命の保証もできない。なんとか処置を講じてくれ」

代表団はジープとトラックをさしまわし、夕方、家へ帰るときは一団となって、軍人の護衛つきで帰ることにした。

当時歳徳は高円寺に住んでおり、同胞の多くは世田谷、渋谷、中野あたりを棲み家としていた。トラックを何台も連ね、先頭をジープが護衛し、暮れなずむ新橋を出発し、神谷町から広尾を通り、渋谷へ抜けるコースを通って、それぞれの住居へ帰っていくのである。

その日、歳徳は六台連ねられたトラックの一番後に乗った。前の日に渋谷の闇市に大がかりな手入れがあり、MPや警官が大量の物資を没収し去っていくという事件があった。二、三日前には新橋で、朝鮮人がヤクザに日本刀で斬り殺されている。風雲ようやく急をつげ、歳徳らも、いつになく緊張した面持ちであった。

……車は、広尾をぬけ、並木橋にさしかかった。右手に渋谷警察署の建物が黒々と姿をあらわし、前の方のトラックから、

「おい、なにか様子がへんだぞ」

と大きな声が上がった。

……ものの三十秒もたたないうちに、

「おい、止めろ、止めろ！」

「ああ、一体何だこれは！」

叫び声がおこり、トラックはガクリとその場に止まる。

乗っていた者は総立ちである。いつの間にか右手の渋谷警察署の方から、制服に身をかためた警官隊が歩道をこちらへかけてくる。とみるまに左手の露地からピストルや日本刀をもったヤクザの一隊が、ワァーとカン声をあげながら走ってくる。ピキーッ、途端に耳をつんざくような銃声があたりにこだまする。

警察とヤクザが、トラック隊の一行をはさみうちにしたのだ。

「はかられた！」

思うや否や、歳徳はトラックをとびおり一目散に逃げた。……銃弾の雨を浴びせられたのは、前の方のトラックで、あたりはたちまち阿鼻叫喚の巷。このとき実に二十八人もの中国人が命を奪われている。ジープを運転していた少尉は狙いうちにされて即死した。

これが世にいう渋谷事件であるが、後の軍事裁判で、日本人の側はほとんど罰せられず、逆に中国人が〝叛乱分子〟として強制送還のうき目にあっているのである。

歳徳は、くやし涙にくれた。おそらく、あの渋谷事件は、GHQ黙認のもとに〝発生〟したものであろう〉

一つの事件を扱いながら、『渋谷区史』と『闇市水滸伝』では、記述の中身が大きく食い違っている。いったい、どちらが真相により近いのであろうか。

数字的な相違の中で、明らかに誤りと指摘できるのは、後者に出てくる「二十八人もの中国人が命を奪われている」というくだりである。

在日華僑連盟は七月二十八日、渋谷事件の犠牲者の華僑総会葬を京橋の昭和国民学校で執り行い、約二千五百人の会葬者は数寄屋橋、日劇前、有楽町駅、都庁前、鍛冶橋と練り歩いた。このとき、犠牲者は楊永康ら五人であったことが明らかにされている。したがって、二十八人というのは、重・軽傷者を含めた数字であろうと思われる。

それはそれとして、『渋谷区史』に「渋谷署においては、台湾人と松田組との紛争に関連して……かねて同署襲撃の情報を入手していたので……」とあるのは、どういうものであろうか。

事件直後、日本人のあいだでは、こうした襲撃説がもっぱら流布された。ところが、事件を捜査した米軍当局は、これを明確に否定しているのである。

〈横浜の第八軍司令部内憲兵司令部当局は、さる十九日夜の渋谷駅付近における中国人、台湾省民対日本警察との紛争事件に関し、二十三日、改めて次の見解を表明した。予備報告は「数台のトラックに乗った台湾省民は、指示を受けるためと、日本人商人との間に最近起こった争論につき懇談するため、当夜早く集合していた。中国領事事務所長林氏（音訳）の報告によれば、李少将（音訳）の出発してよろしいとの命令を聞いてから、これら中国人、台湾省民を乗せたトラックは同事務所を出発した」となっているが、フェリン司令官は、台湾省民は合法的行動に関する指示を得るため同事務所に集合したもので、右が終了するとともに李少将は、帰宅するように、また、あらゆる暴行を避けるようにとの指示を与えたのであると指摘し、左のごとく述べて一部の誤解を訂正した。

一部のものが「行動」という言葉および「出発」という言葉を、台湾省民は攻撃的行動に熱中していたのだという明らかに全く誤った意味に取違えた証拠がある〉（昭和二十一年七月二十四日付け朝日新聞）

これによって、台湾人グループが、少なくとも同夜は、渋谷署襲撃をくわだてていなかったことが明白である。

これより先、同司令部犯罪捜査部が発表したところによると、仮拘束して訊問中のトラック隊にいた台湾人二人は、最後部のトラックから警官隊目がけて発砲した事実を認めたが、それは警官隊がトラック隊を止めるため空に向けて発砲したのがきっかけであったと申し立てた。

こうして見ると、『闇市水滸伝』の中で述べられた状況の方が真相に近い。では、「渋谷事件」とは、いったい何であったのだろうか。前出の猪野健治は、いわゆる第三国人を「解放窮民」として捉え、彼らと日本のヤクザとのあいだで頻発した抗争事件の背景を、次のように分析している。

〈利害対立だけでは、大規模な抗争事件は起こらない。潜在的差別意識——民族感情がこれとねじれあうとそうはいかない。関東大震災における「朝鮮人暴動」のデマが恰好な例である。

東京では、二十一年夏の新橋事件（関東松田組対台湾省民の激突）、渋谷事件（新橋事件の延長）を皮きりに、上野（アメヤ横丁）、新宿、池袋で衝突が起こった。それは全国にひろがり、横浜、熱海、浜松、犬山、名古屋、京都、大阪、神戸などで大小の抗争事件が発生する。これらの事件の特徴は、そのいずれもがヤクザ連合軍が台湾人グループまたは朝鮮人グループに「勝利」し、所轄警察がヤクザ側にかげから協力していることである。さらに事件が発生する直前に、解放窮民側の行動が大げさに情報として流されていることだ。たとえば新橋事件の場合は、「台湾省民側には横浜に寄港中の中国海軍艦艇の現役将校が加担し、総指揮する」「神戸から多数の台湾省民が応援にくる」といったデマが流されている。このデマのおかげで、ヤクザ連合軍側は軽機まで用意し、周辺住民は大八車に荷物を積んで避難した。そのうえ、新橋の地元商店主は、「長期戦」にそなえて、ヤクザ連合軍のために米や肉などを原価で二百万円相当を「供出」しているのだ。「専門家」の根まわしがなければ、そこまではいかない。朝鮮人集団と服部組を核とするヤクザ連合軍が争った浜松事件でも、地元の市民有志が逮捕された服部組員に五十万円の「見舞金」を贈っている。これは、事件前にヤクザ連合軍を「善玉」とし、解放窮民側を「悪玉」とする計算された世論誘導が行われた証左である。解放窮民も日本人窮民もまんまとワナにはまったのである。

解放窮民の内側に亀裂を起こさせる↓利害対立、差別意識を触発する↓挑発↓小さな衝突↓日本人アウトローを連合させて解放窮民とぶつからせる↓大規模抗争へ↓検挙開始↓ヤミ市「解放区」の解体——という図式がそこにはっきりと見えてくる。

ヤミ市「解放区」の解体のかくれた狙いは窮民群の革命的連帯の芽をつみとるだけではなく、もはやその機会を絶対に与えないところにあった。すなわち、日本人窮民をして解放窮民を制圧させるだけでなく、さらにその内側を分断したのである。ヤミ市「解放区」の構成分子は、専業アウトロー（テキヤ、博徒、グレン隊）と浮動素人から成立していた。GHQ―政府―警察は、この専業アウトローと浮動素人〈窮民の尖鋭分子〉との分断をはかったのだ。

……かくてヤミ市「解放区」は、ただの管理されたヤミ市に封じ込められ、解放窮民武装団は、その一部がわずかに一派をなすか、既存ヤクザ集団の末端に組み込まれ、専業アウトローと化していく。いいかえれば、ふたたび専業アウトローの時代がおとずれたのである。つまり窮民群団の中から浮動素人が離脱し、くろうとヤクザとくろうとと化した窮民だけが残った、ということである〉(『興亡史』)

6

渋谷で専業アウトローへの道を歩き始めた一人が石井福造である。

石井は中野学園中学校四年修了で森谷と一緒に専修大学の予科に入った。国士館の卒業生で専修大学に通っていた仲間に頼み、そのつてで応援団長を森谷が自宅に招き、父親ぐるみで接待して手土産を持たせて帰し、入学の便宜をはかってもらったのだという。

二人は形式的に入試を受けて専修大学の学生になったが、学校には一日も行かず、石井は渋谷で遊んでいるうち家出してしまった。

石井が渋谷に足繁く通うようになった最初は、京王商業にいたころである。彼は駅前広場で露店を開くテキヤの若い衆に憧れた。流行のスキー帽をかぶり、飛行服の襟から落下傘の生地でつくった白いマフラーをのぞかせ、足元を半長靴でかためている。そういう彼らのいでたちに惹かれたと言い直した方が、そのときの彼の気持に近いのかも知れない。

「すいません。ちょっとやらせてもらえませんか」

石井は頼みこんでテキヤの真似事をした。もちろんただ働きである。

「安いよ、安いよ、ブドウ糖が一山十円！」

学生服を脱いで、飛行服の借り着で商売のタンカを切るとき、おれもいっぱしになれたのかなあ、という満足感があった。

しかし、何分にも中学生の分際だから、年かさの不良学生にはいじめられてばかりいた。夏など、工面して手に入れたズック靴に溶かした白いチョークを塗って、得意顔で歩いていると、呼び止められる。

「お前、いい靴はいてるな。ちょっとおれに貸せよ」

いわれて貸さないと殴られるし、貸したら二度と戻らない。

そういう目に遭っていたとき、国士館へ転校して花形を知った。学校では頭を抑えられていて面白くないが、盛り場を歩くのにこれほど頼りになる相棒はいない。早速、渋谷に連れて行った。

そのころ渋谷の不良学生を押さえていたのは、日大の応援団長をしていた佐々木という男である。彼は武田組や国松組、篠原組などの親分は別として、兄貴クラスとは同格であった。

中学生のくせに大きな顔をして渋谷をのし歩く花形が目にとまらないはずはない。佐々木が軽くしめ上げるつもりで声を掛けた。ところが、花形は頭を下げない。それで殴り合いの喧嘩になった。簡単に素っ飛ばされたのは佐々木の方である。この一件で、花形に文句をつける不良は渋谷に一人もいなくなった。

石井は小林楠扶を介して高橋輝男に近づいて行ったことでも知れるように、いかにしていい顔役にくっつくかをもっぱら考えていた。

ある日、道玄坂を不良仲間と歩いていると、上下揃いのスーツを小粋に着こなしてソフトをあみだにかぶったヤクザ者を見掛けた。

「そば行って挨拶してみよう」

石井は仲間にそういって、その男の前に進み出た。

「こんちは」

頭を下げると、男は気軽に応じた。

「おお、お茶でも飲むか」

喫茶店に連れて行かれたが、コーヒーなど飲んだことがなかったから、苦いだけでうまくも何ともない。石井が仲間と顔を見合わせてもじもじしているうち、男はゆったりした態度でコーヒーを飲み終えた。頼みもしないのに「あとから飯でも食え」と二人に小遣いまで与えて立ち去った。

「すげえな。いったいどこの親分だろう」

そのとき石井はしきりに感心したが、親分などではない。新宿を本拠に不良グループを形成していた安藤昇と兄弟分の島田宏であった。

島田は本名を久住呂潤といい、安藤と同じ大正十五年の生まれである。後に安藤組の組織ができてからメンバーの中の大正生まれはこの二人だけで、安藤は大幹部たちに「島田だけは立ててやってくれ」といい、彼を大切に扱った。島田も、お互いに自己主張が強く、そのために群雄割拠の様相を呈しがちな大幹部連中のあいだにあって、ひたすら安藤を立てる役割に徹した。

安藤が新宿から渋谷へ進出する以前、彼の舎弟分は十数人いたが、渋谷へ来てから一人脱け、二人脱けして、解散時に残っていたのは島田と三崎清次くらいのものである。そういう関係からしても、安藤組における島田は譜代の大名格であった。

安藤は新宿・東大久保で平凡な会社員の長男に生まれたが、京王商業を退学になる前後から不良仲間と新宿の盛り場を流して歩くようになった。

智山中学校の四年生に転入して間もなく、仲間と二人で学校をさぼり、鞄の中にドスをしのばせて武蔵野館のわきにさしかかると、一目でそれと知れる不良大学生がいた。喧嘩を売ると、彼はまともに取り合わない。

「まあ、まあ、いいから随いてこいよ」

連れて行かれたのは旭町のドヤ街にある旅館の一軒であった。

靴を脱いで上がり、男が一室の襖を開けると、六畳間に六人ほどの大学生がとぐろを巻いている。いずれもかなりの面構えであった。

「おい坊主、入れ」

喧嘩をしたところで勝ち目はない。いわれるまま安藤は仲間と部屋に入り、黙っていた。

「お前たち弁当持ってるか」

弁当を食べられたくらいで済むのであれば、よしとしなければならない。二人は鞄の中の弁当を差し出した。

このグループのリーダーは館脇直也といい、慶大の制服制帽を身につけていたが、いわゆるテンプラである。

新宿には万年東一という、不良少年上がりで、安藤にいわせると〝愚連隊の神様〟のような男がいて、彼自身は、筋道を重んじる折目正しい人柄だったが、その舎弟に通称を小光という名うての暴れん坊がいた。館脇は小光こと小池光雄の右腕だったのである。安藤は旭町での出会いから彼にかわいがられるようになった。

「館脇は身体がでかいんですよ。一メートル七十七、八はあったかな。いい男でさ。パンチがあってね。新宿はほとんどこいつに潰された。新宿で脅されてない親分というのいないんじゃないの。とにかく強いんだ。片っ端からしめ上げちゃうんだ。おれ、こいつに随いて歩いていたから、やらないわけにはいかない。中学生で一緒にやっていたんです」

安藤が話すのは昭和十七年当時のことで、館脇は二十一、二という年齢であった。

そのうち戦争の状況が悪くなって、館脇にも召集令状が届きそうな気配になってきた。何としてでも兵役を逃れたいと考える彼は、醬油を飲んでは安藤に胸を蹴らせた。そうすれば肺病になると一般に信じられており、彼はそれを実行に移したのである。

「痛いでしょう」

「いいから思い切り蹴飛ばしてくれ」

しかし、安藤が蹴っても蹴っても、頑健な身体の館脇は肺病にならない。赤紙が来て、中国戦線に投入された。

安藤は四年生の中途で乙第二十一飛行予科練習生を志願し、三重海軍航空隊で「月月火水木金金」と歌にもうたわれた猛訓練に明け暮れる。一年半後、横須賀の魚雷艇基地に配属された。戦争も末期に近く、兵器の不足を補うため人間魚雷部隊が編成され、安藤はその一員となったのである。日本最後の特攻隊といわれたこの伏竜隊が彼の死場所になるはずであった。

ところが、間もなく敗戦。伏竜隊は徹底抗戦を主張する厚木の海軍特攻隊と呼応して、突撃用二百連発小銃や手榴弾で武装し、伊豆の天城山中に立て籠もる計画をたてるが、実行には至らず無条件降伏を受け入れる。復員して来た安藤は藤沢に疎開していた両親のもとへいったん落ち着くが、やがてかつての仲間を求めて新宿に戻った。それからほどなく館脇も帰って来て中野の餅菓子屋の二階に間借りしているというので、安藤は教えてもらった所番地を頼りに捜し当てた。

館脇は女と二人で住んでいたが、床についたきりであった。皮肉なことに、軍隊に入ってから肺結核が発病したのである。彼は兵隊仲間数人とジャンクを奪って中国から逃げ帰ったのだといい、その際、銃撃を受けて踵《かかと》が吹っ飛んだという右足を蒲団から出して見せた。

しかし、まともに話ができたのはそこまでで、そのうち妙なことを口走りはじめた。

「おい、小僧さんが饅頭持って来たよ」

階下が餅菓子屋だから、そういうこともあるのかと階段の方へ耳を澄ましてみたが、だれも上がってこない。熱に浮かされてのうわごとだったのである。それから約一週間後、安藤は館脇の訃報《ふほう》を聞いた。

「生きていたら東京の暴力地図は違っていたはず」

と安藤はいう。

その館脇を失って、安藤は独自に愚連隊の道を歩き始めた。

昭和二十一年四月、安藤は満二十歳の誕生日を翌月に控えて、法政大学予科に入学する。東横線を利用して工業都市（現武蔵小杉）の行き帰り、彼は渋谷の東横デパートの地階にある外食券食堂で毎日のように食事をしていた。

私にも記憶があるが、この外食券食堂へ通じる階段の入口には、外食券の闇売りがいつもたむろしていて、「シャリ券あるよ」と声を掛けてくる。外食券を持っていないと食堂で米飯を出してもらえなかった時代である。外食が必要な場合には、各自が米穀通帳を役場に持参して、配給量の限度内で外食券の交付を受けた。

闇売りの元締めは、幽霊人口と呼ばれていた架空の世帯員をつくるなどして外食券を入手し、それを手下に捌かせていたのである。

〈ある日、私と西山が食堂に入ろうとすると、いつも顔見知りのバイ人が土地のヤクザ三人と争っていた。

その痩せたバイ人は、負けていなかった。

「おれだって、サツにおっかけまわされながら、必死にバイしてるんだ。お前さんたちがいくら土地のもんか知らねえが、ただでやるわけにゃあいかねえよ」

「小僧、なにを生意気な能書《のうがき》たれやがんだ。おい！　ここをどこだと思ってるんだ。ふざけやがると、明日《あした》っからバイさしとかねえぞ」

その若いバイ人は、フンと鼻で笑うように、

「商売しようとしめえと俺の勝手だ。お前さんたちの指図はうけねえョ」

「このヤロー！」

たちまち、殴り合いがはじまった。私と西山は野次馬根性で、その喧嘩を見物していた。三対一、殴り合いの勝敗は火を見るよりも明らかである。バイ人は鼻から血をふき、顔はひん曲がってふくれ上がったが、いくら殴られても、蹴られて倒れても、すぐ起き上がると立ち向かっていく。

もてあました一人が、ポケットからジャックナイフを抜いた。

「待て！」

私は思わず仲に立っていた。

相手のやくざは、私の出現で多少たじろいだが、

「なんだ手前《てめえ》は？」

「一人を相手に三人がかり、おまけに刃物はあんまりきれいじゃねえぜ」

「それじゃ、お前さんが相手になるってえのかい？」

「お望みならな」

私も静かにポケットのジャックナイフの柄《え》を握って身構えた。ボタンを押すとパチンと刃のとび出すナイフである。西山も私の後ろで身構えた。喧嘩は力だけではない。気迫である。

「待ってくれ、話を聞いてくれ、俺たちは何もあんたとゴロ巻く気はねえんだ。このバイ人が、ローズも通さねえで（わたりもつけねえで）バイしてやがったからヤキを入れたんだ」

「それじゃ、このデパートがお前さんたちの縄張りなのかい？」

と西山がいう。

「いや、デパートってわけじゃねえけど……渋谷のバイは一応……」

「一応も二応もねえ、きょうからお前たちはここでカスリをとるな！　ここのバイだって伊達《だて》や酔狂でやってるんじゃねえ。そいつを手前たちみてえな愚連隊にまでカスりをとられてたんじゃたまらねえ。文句があるんなら、いつでも俺が相手になる」

私は三人を等分に見まわしながらタンカを切った。西山が懐ろから刃渡り三寸五分のドスをギラリと抜いた。

「わ、わかった」

「わかりゃいいんだ。念のために、俺は法政の安藤ってんだ」

三人はそれぞれ名前を名乗ると、

「今後ともよろしくお願いします」

と、早々に引き上げていった〉（『やくざと抗争』）

このバイ人が前に出て来た三崎である。やりとりを遠巻きに見ていた外食券売りの元締めたちが挨拶に来て、安藤はその日から彼らの用心棒となった。三崎はバイ人をやめて安藤の代人となる。

安藤はこれで食べる心配がなくなった。金がないときでもタクシーを東横デパートのわきに乗りつければ、彼らが料金を払ってくれたし、小遣いまで用意していてくれたからである。

後になって振り返ると、このとき安藤は渋谷に初の橋頭堡を築いたということになるのだが、彼は相変わらず住み慣れた新宿を根城にして、気が向けば銀座へのして行く生活で、渋谷は通学の行き帰りに立ち寄る程度であった。新宿や銀座に較べると、盛り場としての伝統を持たない渋谷は、遊び場一つとってみても貧弱で、彼には魅力に欠けていたからである。

石井は小林楠扶のつてで銀座へ通ってはみたものの、華々しく売り出すには至らず、結局、渋谷で日を送ることになる。

ある日、石井が日山という仲間と二人で渋谷をぶらついていて、安藤の舎弟分の大松茂と田中三吉に因縁をつけられた。この二人は島田宏と同格だから、石井からすると格上である。

「てめえら、どうして挨拶しないんだ。ちょっとこい」

そういわれて公衆便所に連れ込まれた。

その途中、石井は日山の耳元で囁いた。

「向かっちゃおうか」

日山は首を振った。

「安藤昇の舎弟だぞ」

それで、石井と日山は抵抗しないことにした。大松と田中は二人を便所の中で殴り放題殴って引き揚げて行く。

顔を腫らしてしょぼくれていると、花形に出会った。

「どうしたんだ、石井よ」

いまにして石井はいう。

「大松と田中は、あの場に花形がいなかったからやったんで、いたらやらなかったと思う」

この言葉で愚連隊の世界における花形の位置関係が、おおよそわかるであろう。

石井はそのころ佐伯というズベ公と付き合っていた。短期間にＧＩのオンリーもする貞操観念の希薄な女である。

彼女を渋谷公会堂で開かれたダンス・パーティに誘って、二人で踊っているうち、安藤の舎弟の落合という男が入って来た。石井が離れたところから挨拶を送ると、彼女はいった。

「あの人、何やってる人？」

「新宿の落合さんっていうんだ。安藤昇さんの舎弟だよ」

「素敵ね。ねえ、ちょっと、一曲だけ私と踊ってくれるようにいってくれる?」

いやなことをいうな、と思いながら、石井が取り次ぐと、落合は喜んで応じた。

「ああ、いいよ」

一曲だけのはずが、二人は立て続けにジルバを三曲ほど踊り、やおらチーク・ダンスに入る。ピッタリくっついたまま動かず、ついに照明が消されるラストを迎えた。

石井はその間ずっとむかむかしていたが、自分は渋谷のただのチンピラで、相手は新宿でいっぱしのヤクザである。自分の方から佐伯のパートナーを頼んだ手前もあって、喧嘩を吹っかけるわけにはいかない。じっと我慢していた。

会場に明りが戻って、石井はやっとどこかで彼女と二人きりになれると思ったのだが、そうはことが運ばない。

「わるいな、石井」

落合が彼女を連れて帰って行ったのである。

翌日、落合を渋谷の街で見掛けた石井は、せめてもの抵抗にふくれてみせた。

「昨日《ゆうべ》の女だけど、とらなくたっていいじゃないですか」

落合は薄笑いを浮かべて否定した。

「とりやしないよ、お前。ちゃんと帰したよ」

「帰したか帰さないか知らないけどね、おれあいつに惚れてたんですよ」

「だから何もやらなかったっていってるだろ。あんなあばずれ、しようがねえじゃないか。女なんかいくらでもいるよ」

「――――」

「そんなに怒んなよ、石井。それよりお茶でも飲もうよ」

石井の腹の虫はおさまらないが、それを表立って口にもできず、喫茶店に行った。

「なんだ、石井、お前ネクタイ持ってないのか。よし、おれが明日、いいのを届けてやろう。ついでだからワイシャツも一緒にな」

差し向かいになった落合は、さもいま気付いたかのようにそんなことをいって、石井をなだめにかかるのであった。

あてにもしていなかったが、落合は翌日、ほんとうにネクタイとワイシャツを持って来た。それから石井は、「落合さん」「落合さん」で、彼にくっついて回る。

「お前、安藤の舎弟にならないか」

落合に誘われて、石井は二つ返事で承諾した。

渋谷ではたかられて断ると身体検査をされるのが落ちだが、島田もそうだったように、安藤の舎弟たちは気前がいい。石井とはせいぜい三つか四つしか年の違わない連中が、百円札を束にして持っている。生家が貧しく、金の苦労ばかりしてきた石井には、彼らの羽振りのよさが魅力であった。

安藤は昭和二十二年にヘンリー・山田という日系二世と知り合った。ヘンリーが宇田川町の安キャバレーで酔っ払い、女の取り合いから白人の兵隊二人を相手に喧嘩しているのを助けてやったのがきっかけである。

彼は進駐軍のPXに勤務する下士官であった。GIにはOFF・LIMIT（立ち入り禁止）の店が多かったので、安藤のところで私服に着替えると草履ばきでどこへでも随いて来て、ときには一緒に喧嘩もするというアメリカ版の兵隊ヤクザで、そのうち遊興費稼ぎにPX物資の横流しを持ち掛ける。

一も二もなく相談がまとまって、安藤はヘンリーが持ち込んでくる煙草、洋酒、食糧品、衣類、雑貨などを捌きはじめた。PX物資は何であれ引っ張り凧《だこ》で、仕入れ値の二倍から三倍、物によっては四倍もの値段で右から左に売れた。利益は折半である。

荒稼ぎに気をよくした安藤は、ヘンリーに二世の仲間数人を集めさせ、自分は舎弟たちによる仕入れ、販売、ドル軍票買いなどの分担を決めて、払い高を増やす。その年の暮れにはヘンリーの名義でシボレーの新車を買った。

〈日本人名義では、とても新車購入は許可にならなかったからではあるが、こいつはすばらしく利用価値があった。

まず、輸入税、物品税がない。ガソリンはドルで市価の十分の一。さらにつごうのいいことには、日本警察の検問がないから、この商売にはもってこいといえた。ピストルを積んでいようが、物資を積んでいようが、絶対安全である。

所沢、府中、朝霞、横浜、横須賀から御殿場など、進駐軍のベース・キャンプからエア・ベースとPXのあるところならどこへでも、ヘンリーたちと飛んで歩いて買いまくった。

ああ、なんと金儲けとは簡単なことだ！　世の中は太く短く……あくせく働くのは愚の骨頂だ！

風を切ってすっとばす車のハンドルを握って、若い私は得意だった〉（前掲書）

石井が羨ましく見た安藤の舎弟たちの金回りのよさは、こういうところにその秘密が隠されていたのである。

安藤はこのときより早く昭和二十一年十二月に、妊娠五カ月の昌子と結婚した。同い年の二人のなれそめは、昭和十七年、新宿の盛り場においてであった。昭和十九年の元旦、昌子は重箱におせち料理を詰めると、親に無断で晴れ着のまま三重航空隊にいた安藤のもとへ面会に出掛けて行ったという。

遠距離の汽車の切符は発売に制限があって入手が難しく、途中、空襲に遭うおそれもあった当時、十八歳の少女が独り東海道を下るのは、よくよくのことである。あるいは、生きて会えるのはこれが最後と、晴れ着姿を一目見せたかったのかも知れない。

二人は二十一歳の春に再会した。そのとき昌子は大妻学園を卒業して料理学校に通っていた。結婚の意思を打ち明けられた彼女の父親は教師でもあり、強く反対した。しかし、彼女の妊娠を知って折れる。暮れも押し詰まって安藤の両親を自宅に招き、内輪だけの祝言を挙げたのである。

二人は渋谷の仁丹ビルの裏手にあたる昌子の実家の倉庫を改造して、新婚生活に入った。安藤の舎弟になった石井がその家に出入りを始めたとき、長男の隆朗はまだはいはいをしていたというから、それは昭和二十三年のうちの話である。

石井の役目は、朝、安藤を起こしに行って、彼が顔を洗っているあいだに靴を磨いたり、朝食の仕度に取り掛かる昌子に代わって隆朗をおんぶしたり、冬場であればルンペン・ストーブに焚く木材を探しに歩いたりと、下男のような仕事をこなすことであった。本人としては、昔の草履取りの心境であったのだろう。

安藤が家でぶらぶらしているときには、ポーカーの相手をさせられてなけなしの金を取り上げられ、しょんぼりしていると、安藤のいいつけで昌子がカレー・ライスをつくってくれたりした。

新婚生活について昌子は、後年、女性週刊誌のインタビューに答えて、こう語っている。

「主人は二十二歳でパパになってしまったのです。そのまま学校に行っていたら食べられないので、中退したのです。ヤミ屋なんかをやって苦労してお金をつくっていたようです。うちの人、自分の苦労話をしないので、どのくらい大変だったか私は知らないんですよ」

この談話から浮かび上がってくるのは、若くして妻子を抱え、非合法ながら生活費稼ぎに黙々と励んでいる一人の夫の姿であり、少なくともここからは無頼の臭いは伝わってこない。

このインタビューが行われたとき、安藤はすでに組を解散して、彼自身は俳優に転身していたから、昌子は妻の立場から夫の極道のイメージをなるべく薄めるため、言葉を選んで話したのであろうと推測される。

それはそれとして、安藤が若いころから金儲けに関心を持ち、また、その方面の才に長けていたことは、PXの一件から充分にうかがえる。暴力団の親分から一転して俳優業というのも、彼の人生設計のしたたかさを物語るものであろう。

そうした現実感覚とはおよそ無縁なところで、もっぱら喧嘩の才を発揮していたのが花形である。

「あのころ明大前（和泉校舎）に三千人から四千人はいたでしょう。そいつらがみんな花形に押さえられちゃったもんね。空手部だとかね、柔道、それから相撲部、まあいっぱいいいましたよ。でっかいのが。

花形が予科一に入ってすぐバザーがあったんですよ。いやバザーでなくて予科祭だった。そんでね、花形が、襟のでかいすげえガクラン着てね。あのころストレートっていうのはやってたんですよ。ズボンの上から下まで太いやつ。そいつをはいて——。それに、疵もだいぶ増えてきてたから。そんでもって、おれら一緒に予科祭に行ったんですよ。

そしたら暴れ出しやがってね。まあ、だれかれかまわずぶっ飛ばすんです。相手が何もしなくたって、もう目にとまったら最後、いやあひどいもんだね。だあれも止められないですよ。

そんで、やっと明大前の駅まで連れ立って来たら、アメリカ人がいたんです。そしたら、そのアメリカ人にまでかまわず喧嘩吹っかけるんだものね。『おいヤンキー、この野郎！　くるか！』なんて。

アメリカ人は花形が騒ぎながらやってくるのを遠くから見ていたんですね。まさか自分のところにお鉢が回ってくると思っていなかったからあせっちゃって、『ノー、ノー』で逃げて行った。

終戦後、アメリカ人のたちの悪いのは、酔っ払ったりすると向こうから寄って来たもんだが、ヤンキーだろうが何だろうがかまわないんだから、花形は。はったりじゃないですよ。まともに向かったらたいへん。殺されちゃうもんね」

と石井は花形の思い出を語る。

殺される云々は、喧嘩の場面で花形が見せる気迫とパンチ力のすさまじさを表現する修飾語であろうと思うのだが、生身では到底太刀討ちできないと見究めて子分に命じ、花形を拳銃で狙撃させた石井の言葉だけに、満更誇張とは言い切れないものを含んでいる。

石井の花形評はこうである。

「ともかく、喧嘩の強さとなれば、花形みたいなのはいないでしょう。関西方面にも数多く身体のでっかい強いのがいたかも知れないけど、おれの想像したところ、あんなに凄いのはいないと思うね。

ヤクザの世界でも、新宿の石川の力《りき》さんとか、有名な人はいますよ。フーテンでどうにもしようがなかったっていうのが。映画になったでしょう。『仁義なき墓場』っての。だれでもぶった斬るし、最後に自分の親分までびっこにしちゃった。その親分というのが尾津さんのあと飯島連合の跡目を継いだ和田薫さんなんですよ。

あの石川の力さんなんていうのはフーテンだけど、昔の清水の次郎長なんかを抜きにして、現代では本なんかになっちゃう有名な人だよな。おれらと時代が少し違って、安藤のおっさんは『石川の力さん』で立てていたけど、喧嘩の強さとなりゃ、ちょっと花形みたいなのはいないでしょう」

石川力夫は大正十五年に水戸で生まれたが、継母との折り合いが悪く、十五歳のとき家出して上京した。求人ビラを見て新宿のカフェにボーイとして住み込むが、翌春、和田親分の杯をもらって、三ん下となる。

この世界で売り出す早道は、親分のために身体を張ることである。石川は子分になって二年目、ナワ張り争いで乱闘があった際に、相手方の親分などに瀕死の重傷を負わせる働きをして一年二月の刑を受け、下獄した。

昭和十九年八月、刑期満了でいわゆるハクをつけて函館刑務所を出所した石川は、次第に一家の中で重きをなしていく。戦後、和田組マーケットができたときは、その一劃を親分に代わって預かるまでになっていた。

しかし、彼の羽振りのよさもそこまでであった。昭和二十一年十月二十七日、石川がいちばんかわいがっていた弟分の大橋一郎が、「親分の仕打ちが冷たすぎる。おれたちが飯も食えないでいるのに小遣いもくれない」と泣きついてくると、彼は和田のもとへ出向いて語気荒く談判した。生活の面倒をみろ、というのである。

ヤクザの世界で親分に楯突くなどは許されない。和田は激怒した。

翌日の夜、和田が配下に石川の指をつめさせるよう命じた、という話が本人の耳に入る。石川は逆上して和田の自宅に乗り込んで行き、ドスをふるって親分の全身数カ所に深手を負わせた。

この世界の論理では、こういう子分を放っておくわけにはいかない。石川はいったん身を隠したが、一家の追及は厳しく、リンチを逃れるため中野署に自首して出た。

懲役一年六月の判決を申し渡され、刑期をつとめ上げた石川を待っていたのは、和田親分を初め関根組、安田組、荏原一家など各親分の連名による「関東所払い十年」の回状であった。

石川は十年が過ぎたら東京へ戻ってくるつもりで、新宿・柏木町のナワ張りを弟分たちに托して大阪へ行き、遠縁の雑貨商に住み込んでカタギの生活を始めた。ところが、後を追って下阪した大橋が予期しなかった知らせをもたらす。弟分二人が殺され、石川のナワ張りは彼のかつての兄弟分である今井幸三郎のものになったというのである。

二十四年十月二日、上京した石川は配下一人を連れて、中野の旅館で今井と対決したが埒《らち》があかず、ドスを見舞った。

それでも石川の鬱憤は晴れない。十月八日、ふたたび配下を伴い中野区新井町の今井の自宅に殴り込みをかけた。二日に受けた傷で寝ていた今井は、二人が乱射するピストルの弾を浴びて即死し、彼の妻もそれ弾で瀕死の重傷を負った。和田親分は、発見次第即座に石川を葬れ、と回状をまく。

石川はまた報復から逃れるため警察に自首して、二十六年八月に東京地裁で懲役十年の刑が確定した。

府中刑務所で服役中、二十八年春に石川は肺結核が進行して胸郭成形手術を受け、肋骨六本を失ってからめっきり気弱になる。三十一年の新春には、「元旦やわが前に立つ黒き影」と、死を予感したような句を日記帳に書きつけた。

それからほどなく、看守が刑期の三分の一以上をつとめた石川に仮釈放の近いことをほのめかす。刑務所を出ることは、彼の場合、死を意味していた。

二月二日、石川は看守に「盗汗で濡れた蒲団を干したい」と願い出て、屋上に付き添われて上がったとたん、駆け出して行ってフェンス越しに身を躍らせた。彼の三十一年の生涯は十五メートル下のコンクリートに叩きつけられて終わった。独房に残されていた遺書の最後は「大笑い三十余年のバカ騒ぎ」の句で結んであった。

それより、石川が二十九年七月三十日の日付けで色紙に書いた次の文句の方が、ヤクザのはかなさを読む人に訴えかける。

寂寥なるかな天涯の孤客
誰れと共にか事実を語らんや
誰れにか告げん仁俠の道
男子我れは義のみに生きん

石川力夫という見知らぬ人物の描いた軌跡をはしょりながらたどってみて、あわれな生涯にいくばくか同情するが、彼に心惹かれるものは何一つない。

私の狭い範囲の経験では、仁俠道というものがどうにも信じられないのだが、いちおうこの世の中に一つの徳目としてあるとしよう。あるとして、東映のヤクザ映画に出てくる正義の側の侠客の場合のように、実在するだれかによって具現されているのかどうか。寡聞にして、「いいヤクザ」というのを知らない。

その昔、稼業人であった一人にいわせると、利害関係により力関係に応じ、はたまたそのときどきの情況を判断して、「いいヤクザ」にも「悪いヤクザ」にもなるのがヤクザなのだという。

それはそれとして、石川はヤクザのあいだでも、「鑑」と仰がれないのではあるまいか。親分に反逆するまではいいとしよう。しかし、ヤクザのいう「桜田組」（警視庁）に庇護を求めるのは、それこそ「風上にも置けない」男のすることではないか。

私には、ドスをふるったり、拳銃を乱射したりの陰惨な殺人場面が、何よりも石川という人物の性格的な弱さの証明であるように思われてならない。ヤクザというのはそういうものだといってしまえば、それだけの話であるのだが。

花形は名うての暴れん坊であった。そうした言い方が彼に甘すぎるというのであれば、凶暴な人物であった、と言い替えてもよい。しかし、何度もいうようだが、彼は喧嘩の際に、ピストルはおろか刃物さえも、凶器は一切用いたことがない。いつの場合も素手であった。その一点に私は惹かれる。

あの時代を生きたものなら、だれもが知っている出来事に「光クラブ」事件がある。昭和二十四年十一月、ヤミ金融の学生社長として知られていた東大法学部三年生、山崎晃嗣（当時二十七歳）が、銀座の「光クラブ」社長室で青酸カリの服毒自殺をとげた。

彼はその前年、「光クラブ」をつくり、「確実と近代性をほこる日本でただ一つの金融株式会社」と銘打って全国紙に広告をのせ、月一割三分の配当で投資者をつのった。こうして集めた金を、最高月三割の利息で、資金難に悩む中小企業へ短期貸付をしていた。

そのねらいがあたって、社業は大いに伸びたが、二十四年七月、ヤミ金融の疑いで京橋警察署に検挙された。九月には処分保留のまま釈放されたが、これがきっかけで四百人に近い債権者から三千万円の債権取立てにあい、金策がつかず死を選んだ。遺書は次のように綴られていた。

〈出資者諸兄へ。陰徳あれば陽報あり。隠徳なければ死亡あり。お疑いあればアブハチ取らずの無謀かな。高利貸冷いものと聞きしかど、死体さわれば氷カシ（借自殺して仮死にあらざる証依而《よって》如件《くだんのごとし》）。貸借法すべて精算カリ自殺〉（一部）

山崎の父親は、千葉県木更津市長で医博、母親は東京音楽学校出というから、水準を越える家庭である。彼自身も一高、東大と進み、法学部での成績は二十科目中、優が十七、良が三という素晴らしいものであった。

同月二十六日付けの朝日新聞は、京橋署に留置中の山崎が週刊朝日記者のインタビューに答えた「人生は劇場だ。ぼくはそこで脚本を書き、演出し、主役を演ずる。その場合、死をもかけている。もっとも死そのものを、ぼくはそれほど大仰に考えませんがネ……」との談話を引いて、彼を「ある意味ではこの暗い現実に真実を求めた一人の不完全な理想主義者だったのかも知れない」と評している。

それならば、花形は山崎より、もう少し完全に近い理想主義者であったといっても差し支えあるまい。

両者のあいだの違いは、生きる支えを、山崎がおのれの「知性」に求めたのに対し、花形は肉体にそなわる素朴な「力」に見つけたということであろう。

敬ほど純粋なかたちで喧嘩に明け暮れた男を、「稼業人」にしてからが、他には知らない。

現在は博徒の流れを汲む一家の番頭格におさまっている人物がいる。かりに松前としておこう。昔風にいうと身の丈が五尺八寸になんなんとする偉丈夫で、若いころは滅法、喧嘩が強いので評判だった。齢は五十をとっくに越え、頭髪に白いものをまじえて、穏やかな語り口である。

「花形ねえ。それは強かったですよ。喧嘩では、文句なしに、都内で一番。頭では小林楠扶というところだったんじゃないですか。

われわれの年輩で、花形と五分に闘えるのは一人もいませんでしたね。そのあとにもいない。これからも、たぶん、出てこない。あいつが生きてたら、都内の暴力団の地図はかわっていたでしょう」

地図云々は、館脇について語る安藤の口からも出てきたが、花形に関して喧嘩で一番という松前の判定は、石井のそれと完全に一致している。

「まず、度胸がいい。こわいもの知らずというくらいにすわっていた。向こうがだれであろうと、一切、かまわないんだから。

Sといって、いまは総長をしているんだが、当時も相当の親分がいましてねえ。花形よりかなり先輩にあたるこの人を『おい、S』と呼び捨てにして平気なんです。ともかく『敬さん』と、さん付けで呼ばない相手には、端から勝負かけていました。

ちょっとした親分クラスは、たいがい花形に喧嘩売られてます。いまになって花形とどうの、こうの、いってるけど、まともに勝負した男なんか一人もいませんね。

こっちは同じ渋谷で、そういう気にはなれないんだが、花形とは何度も喧嘩しました。何たって、恨みもなければ、いきさつもないのに、『おい、松前、今日、身体の調子はどうだ』とやってくるんだから、しまいには参っちゃう。

だからといって同じ仲間内じゃないから、頭下げていたんじゃ、のちのちのこともあるでしょう。仕様がないから、そこいらに行って、いやいややりました。生身だから身体は痛いし、ごめんなさいでは若い衆の手前があるし、本当に困りましたね」

同じころ、渋谷には伊藤といって、法政大学の愚連隊がいた。その弟分になって渋谷の盛り場を歩いていたのが、安藤組の末期に中堅幹部として組長の留守を支えることになる、国学院大学で鳴らした空手四段の山下哲である。

彼が安藤組に入るきっかけになったのは、松前との喧嘩であった。

渋谷の宇田川町に銀亭という、ちょっとした小料理屋があって、ある日、伊藤に連れられた山下がその暖簾をくぐると、黒いドスキンの上下にソフトをかぶった男がいた。これが若き日の松前である。

「おい小僧」

松前のそばにいた男が、入るなり、二人をねめつけた。

山下によると伊藤は、神宮球場で三塁を守っていたかと思うと、箱根駅伝で区間新記録を出し、かたわらフェザー級の選手としてリングにも上がるというスポーツ万能型で、これ以上、喧嘩の強いのは見たことがない、というような男であった。

そのころ、伊藤はひどいヒロポン中毒にかかっており、走る電車の中で注射針を出す彼に、辟易《へきえき》させられたものだという。そういう伊藤だったから、たちまち喧嘩になった。

その伊藤の唇の下を、あっという間にジャック・ナイフで切り裂いたのが松前である。傷口から指三本が入る深手であった。

翌日、伊藤と山下は、道玄坂の上の東京宣伝社に呼ばれた。ここは、安藤組が組織をなす以前の拠点である。

呼ばれたので二人して行ってみると安藤昇がいて、こういった。

「お前らも口惜しいだろうから、おれのところの預かりにしてやる」

預かりというのは、ボクシングにたとえると、ジムの練習生に採用されたようなものだと思えばよい。

ヤクザの世界でいい顔になりたければ、強い相手との喧嘩に勝つことである。相手が強ければ強いだけ、自分の格が上がる。このあたりも、ボクシング界に似ている。

伊藤と山下は、勝ちこそはしなかったが、名だたるプロを相手に立ち向かう根性をかわれて、スカウトされた恰好であった。

伊藤と松前の再戦は、ほどなく渋谷駅の裏手にあたる桜ケ丘の飲み屋で行われた。

だが伊藤は、松前の振り下ろす丸椅子で、簡単に仕止められる。

「お前ら、喧嘩するのはまだ早い。明日から渋谷にくるな」

たったこれだけの松前の科白《せりふ》で、伊藤は渋谷から消えた。松前はそのように強かった。

その松前に素手で喧嘩を売って、何度やろうが連戦連勝というのだから、花形の強さはたしかに群を抜いていたのであろう。その資質を国士館での初対面で見抜いた石井もなまなかではない。

7

敗戦後の盛り場は多くの愚連隊を生んだ。その最大の温床が新宿である。

そのころの新宿は、西口に安田組、東口に尾津組、野原組、武蔵野館裏に和田組がそれぞれマーケットを広げ、その他に池袋に本拠を置く極東組が、ここへも勢力を伸ばしていた。これらはいずれもテキヤである。

さらに新宿二丁目方面には、博労会河野一家、分家前田組、博徒小金井一家があり、その間にはさまって、愚連隊、不良少年、第三国人がグループをつくっており、さながら戦国時代の様相を見せていた。

愚連隊のあいだから頭角を現した安藤とそのグループが、既成勢力とのあいだに摩擦を起こすのは当然である。むしろ、安藤らはそうなることを望んでいたといった方が実際に近い。なぜなら、個人間の場合と同様、相手に勝てば名が上がり、グループは強化されて、有形無形のメリットが生じてくるからである。

これを裏返せば、確たるナワ張りを持ち、そこから上がる利益によって、組織的にも経済的にも安定している既成集団には、安藤の率いるグループは迷惑な存在となる。戦時中、軍部、右翼と結んで国策に協力した博徒たちは、旧体制の崩壊とともに一時期、鳴りをひそめざるを得なかったのに対し、戦後いち早く闇市、マーケットの経営に乗り出したテキヤたちは、その厖大な上がりで勢力を充実、拡大していた。

昭和二十二年の暮れ、安藤のグループは、テキヤのある組と総デイリ寸前の険悪な状況をかもし出した。

その発端はしごくささいなことである。安藤が最も親しい兄弟分である加納貢と新宿の喫茶店で、ばったりその組の親分の息子と鉢合わせになった。かねて反目していたお互いは、挨拶するのしないの、態度がどうのこうのと口論になり、そのあげく親分の息子は若い衆を引き連れていた手前、総デイリを安藤に宣言した。その日、午後七時を期して、伊勢丹裏の花園神社で雌雄を決しようというのである。

〈私と加納は、その一時間前に相手の本拠にとび込んだ。私たちの武器は、米軍用自動小銃である。これは加納が苦心して仕入れたもので、威力は抜群だった。空気銃のように軽く、弾倉をとりかえるだけで、三十連発にも十五連発にもなる。要するに、機関銃と同じ威力である。

もし総デイリとなれば、三十人や五十人はわけない代物だし、また大量殺人で死刑になることとも受け合いである。私もこんなくだらぬ喧嘩で、死刑にはなりたくないと考えた。

二人は静かにうす闇にまぎれて、彼らの本拠に近づいた。

私はいきなり飛行靴でドアを蹴破る……バラック式のドアは、バタン！ と大きな音を立てて内側へ倒れた。相手方はデイリに備えて、銃や拳銃の手入れをしているところであった。

私たちの勢いと無気味な自動小銃に、相手はギョッとして息を飲んだ。ピーンと張りつめた緊迫感が電流のように流れた。それは、ほんの数秒であったのだろうが、長い長い時間にも感じられた。

しかし、もうあとへはひけない。相手も手もとの拳銃を握って構えている。

「いいか！ 三つ数える。一、二、三でたがいに引金を引くんだ！ そのかわり俺の銃からは三十発、手前は蜂の巣だから覚悟しろ」

相手も顔から血が引き、蒼白である。

「いーち」

相手の銃口が、かすかにふるえ出した。

「にーい」

ここまでくれば仕方がねえ、あとはどうなろうと引金を引くまでだ。相手の額に脂汗が流れるのが見えた。不思議に私も加納も落ち着いていた。相手は力なく、ガクリとその拳銃を横におとした。鈍い金属音！

(勝った！)

私たちもほぐれた緊張感から、大きな息を肩からついた。

「負けたヨ」

吐き出すように、相手のボスがいった。

「なんでも条件をいってくれ」

「わかりゃいいんだ……」

私も加納も若いせいもあり、いうだけの能書をいうと意気揚々と引き上げた。

この事件があってから一月後、私たちのグループのなかの五人が四谷署に逮捕された。喧嘩の相手が密告したのかどうか、その点は判然としないが、おもに自動小銃について追及された。全員の家宅捜索の結果、自動小銃一、拳銃二、日本刀三などが発見された。「いよいよ俺たちも刑務所行き、前科一犯か」と観念したが、二十九日の拘留を受け、訓戒の末に起訴猶予、全員が釈放された。

このとき、四谷署の司法主任が、

「将来ある学生であるし、今後このような事件を起こさなければ……」

と救ってくれたのである。

《自動小銃でテキヤ一家に殴り込みをかけた学生グループ》

当時でも、やはり無気味な存在になったことはたしかである〉（『やくざと抗争』）

そうはいっても、大きな組織がひしめき合う新宿に、一家の名乗りを上げて割り込むのは容易でない。安藤の目は、住まいの関係もあって、次第に渋谷へと向いていく。

昭和二十五年の夏、安藤は知り合いから鎌倉海岸に五坪のよしず張りを世話してもらい、大松、三崎らと一緒にかき氷屋を開業した。その儲けで彼は、渋谷の宇田川町にある六坪の店を買い取って、バーの経営に手をそめる。

石井が安藤に言いつかって、店内改造に入った大工たちの世話をした。昼食の時間になると、隣の中華料理屋に湯を沸かしてもらってお茶を出し、三時には駄菓子を買ってきてお茶を差しかえる。ここでも、彼は下働きに励んだ。

安藤はバーの二階に中二階を設け、これを石井のねぐらとして、彼に留守居役を命じる。家出したきりの石井は、早いうちに手当てをしておけば泊めてもらう場所はあるのだが、相手をしてくれそうな女を求めて盛り場をうろついたり、見つからないとなると気をまぎらわせるためキャッチ・バーをひやかして歩いたり、その合い間には喧嘩をするなどして、ついつい遅くなってしまう。駅の新聞スタンドや地下鉄の車庫の電車の中で「青カン」するのがしょっちゅうであった。

安藤のバーは「アトム」と名付けられ、彼の予科練時代の仲間がマネジャーにおさまり、女の子を五、六人入れてオープンした。営業時間は午後四時から翌日の午前四時あたりまでである。

石井はただで寝泊まりさせてもらう代わり、昼過ぎに起き出して店内をきれいに片付け、午後三時には店を出るよう安藤に申し渡された。

「アトム」は周りに数十軒もあったキャッチ・バーと違い、粋好みの安藤が設計から室内装飾にまで注文を出しただけあって、渋谷には珍しい洒落《しやれ》た雰囲気の店であった。

「お前は人相が悪いから、三時までに店を出て、閉店まで寄りつくんじゃないぞ」

そういわれて石井は、十二時間以上、外で時間を潰すのだが、好き勝手に遊んでいるのと違って、午前四時までねぐらに帰れないとなると気分的にも疲れてしまう。閉店はまだかと表から様子をうかがううち、ようやく、「石井ちゃん、入ってもいいよ」とマネジャーから声が掛かり、彼のつくってくれるチャーハンなどをかき込んで、カウンターの中から中二階に通じる階段を上がるのであった。

安藤は渋谷のほかのヤクザのように、パチンコ店からカスリを取るなどしてぶらぶら遊んでいることはしない。つねにいくつかの商売をかけ持ちで手掛けている。とくに彼はカタギに迷惑を掛けるのを嫌った。地元における彼の評判のよさは、大方が認めている。

しかし、安藤が商売熱心であるおかげで、石井の睡眠時間が削られた。中二階の蒲団にもぐり込んでまどろんでいると、午前九時ごろから電話が鳴り始める。ＰＸ物資の横流しで安藤と組んだヘンリーら日系二世グループは、一年足らずでＣＩＤ（特別犯罪捜査部）に摘発され、軍事裁判にかけられて有罪となり、服役のため本国に送還されたが、安藤はその後も外国人の特権を商売に利用するため他の日系二世や在日トルコ人たちと連携していた。そういう連中からの連絡が、ひっきりなしに「アトム」に入るのである。

いつも寝不足気味でふらふらしていた石井は、ヤクザ仲間がなにやら注射をしているのを見た。

「凄くいい気分で眠くならないんだ」

「じゃあ、一発うってみてくれよ」

それがきっかけで、石井はヒロポンに病みつきになり、中毒にかかるまでいくらも時間がかからなかった。

急に痩せ始めた石井を安藤が見咎める。

「なんでそんなに青い顔をしてるんだ」

石井はとっさに嘘をついた。

「おれ痔《じ》が悪くて出血するから」

彼は実際にも痔疾に悩んでいた。しかし、不健康の原因は明らかにヒロポンにあった。

石井が嘘をついたのは、安藤がグループに覚醒剤の使用を厳禁していたからである。

安藤は次のように述懐する。

「ヒロポンは絶対に嫌いなんですよね。なぜなんかね。潜在意識の中に亡国的という感じがあるからかなあ。ともかく、やらせたこともやったこともありません。凄く儲かるものだったが、あれはやらなかった」

石井は安藤の目をかすめて、円山町の市松旅館に仲間と集まってはヒロポンをうち、女遊びにふけっていた。そのうち安藤が商取り引きのため、トルコ人たちを市松旅館に泊めるようになる。彼らを連れて現れる安藤は女中たちに大もてであった。「いい男ね」、「いい男ね」と口々に噂《うわさ》する彼女たちの会話を女将が小耳にはさんで、安藤に興味を抱く。ある日、玄関先で帰ろうとしていた安藤を自分の部屋に招き入れた。

「上がってお茶でも飲んでらっしゃい。うちの女中さん、みんなあなたのファンよ」

女将はそのころ五十二、三歳で、二つ三つ年下の旦那がいた。旦那といっても婚姻関係にはない。三、四年前、関西から子連れで上京してきて、市松旅館に泊まるうち女将と深い仲になり、いらい上げ膳、据え膳の情夫を続けているという変わった関係にあった。その女将は二十四歳の安藤を一目見るなり、たいへんな熱を上げる。

ある日、石井が安藤に電話で呼び出しを受け、「アトム」から指定されたレストランへ出向くと、安藤は女将と一緒にいた。

「これ、石井っていうんだ」

安藤はこのとき、二人が初対面だとばかり思い込んでいたのである。

「いや、ママさん知ってますよ」

石井は内緒にしていた市松旅館への出入りをこれ以上隠しておくわけにもいかず、その事実を告白した。

「そうだったのか。それならますます好都合だ。お前、ママさんの旅館に行って、これからすぐ番頭をやれ。

お前も知ってる妙なおやじがいるだろう。安藤昇さんが今日から経営することになりました、といちおう断りをいって、野郎が酒でも飲んでぐずぐず言いだしたら、経営者でも何でもないんだから、張り倒して放っぽり出してしまえ」

安藤はそう命じると、弁護士が作成した女将と彼とのあいだの賃貸契約書を石井に示した。

男は案じたほどのこともなく退去して、市松旅館は安藤の経営するところとなった。和風の二階建てで、部屋数は八つである。階下の十畳間が島田、三崎クラスの舎弟たちに開放されて、浪人部屋の趣を呈した。

石井は六畳の番頭部屋を独占して、女中のうちの二人に手をつけたので、食事のお菜からして特別扱いとなる。彼が出たあとの「アトム」の中二階には花田瑛一が入った。

それまでに石井は、自分のほかに渋谷の愚連隊四人を安藤の舎弟にしていた。最初が日山、佐藤の二人で、その次が用賀小学校の一年後輩である森田雅、そして花田の順となる。このうち、日山と佐藤は途中で脱けて行くが、石井、森田、花田はのちに安藤組の大幹部におさまるのである。

この段階で花形はまだ安藤と顔を合わせていない。彼はだれの庇護も受けず、独立独歩、おのれの腕力と胆力だけを頼りに、渋谷をわがもの顔にのし歩いていた。千歳の級友に「花形敬」をもじって、「おれはハナが高《たけ》えんだ」と言い放った彼の気性は、その後ますます激しいものになり、相手がだれであれその下手につくことをおのれに許さなかったからである。

石井は市松旅館へ移ったことを花形には隠していた。彼によって災厄がもたらされるのを避けたい気持が、無意識のうちに働いていたのであろう。

しかし、花形は間もなく彼の居所を嗅ぎつけ、酔っ払って姿を現す。

「おい、石井、てめえ、こんなところにいやがったのか」

石井が不快を殺して応対していると、花形は言い放題、やり放題である。

「久し振りに会ったというのに、愛想がないじゃないか。何か冷蔵庫の中のものを食わせろ」

「だめだよ。あそこに入ってるのは、お客さんに出す売り物なんだから」

「うるせえ」

花形はそういうなり立って行って、当時はたいへん貴重なハムを一本丸ごと取り出すと、いきなり大口を開いてかぶりつく。切ってくれ、とでもいうのならまだしも、番頭たる者、これではたまったものではない。

「敬さんよ、おれは安藤昇のちゃんとした舎弟なんだぜ。おれはあんたと古い友だちだから我慢するとしても、ほかの連中がこういうの見たら、そうはいかなくなるから、止してくれないか」

そんなことでひるむ花形ではない。

「ばか野郎！　それがどうした。安藤でもだれでも連れてこい。やってやろうじゃないか」

どうしようもないのである。

「おーい、石井、泊めろ」

と、しょっちゅうやってくる花形の面倒をいやいやみているうち、彼が安藤と顔を合わせる日が来た。

そのとき安藤は市松旅館の一室で、石井や彼の先輩二、三人とお茶を飲んでいた。花形は廊下を足音荒くやって来て、外から声を掛けるでもなく乱暴に襖を開いた。

「石井、この野郎、こんなとこで何やってんだ」

その場の中心にいるのが安藤であるのを察していながら、わざと無視して居丈高な物言いをする。石井はあわてて花形を安藤に紹介した。

花形は軽く会釈しただけで石井にからみ始めた。

「お前、おれと相談なしに安藤さんの舎弟になりやがって――。日山もそうだろう。花田だってそうだ。残ったのはおれだけじゃないか。この野郎、いったいどうしてくれるんだ。おれだってさびしいぞ」

そういわれれば、花形を煙たがっている石井にも彼の気持が理解できる。親分など別に持ちたくはないが、要するに、遊び仲間が欲しいのである。

渋谷の街で、花形の姿を見掛けたヤクザは、かかわりをおそれて早いところ道を避ける。わざわざ寄ってくる物好きはいない。花形にしてみれば、突っ張っている分にはそれで満足なのだが、遊び歩くとき仲間がいなくてはつまらないのである。何分にも彼はまだ二十歳であった。

石井は、どの道、同じ渋谷にいて花形と付き合わないわけにはいかないのだから、彼も舎弟に加えるよう安藤に頼んだ。

「ああ、いいだろう」

安藤は承諾したが、彼が渋谷へ重点を移しつつあった当時、新宿を固めて勢力を伸ばしていた加納が兄弟分の親しさからあえて異を唱えた。

「あんな凄《すげ》えのを舎弟にしたら、安《あん》ちゃん、お前の身が保《も》たないぞ。だいいち、あれだけの暴れん坊を押さえ切れないだろう」

安藤は加納の忠告はそれとして、花形を受け入れた。安藤には安藤の判断があってのことであった。

安藤の花形評はこうである。

「強いったらどうしようもないね。いたずらっぽい悪いことはやるけど、道にはずれたことはしないし、正義感が強いんだね。

あれで、柄に似合わない繊細な字を書く。丁寧で正確で印刷されたようなうまい字だよ。こまかい神経があるんだろうな。

太い神経と繊細さが交錯していて、そのバランスがときどき崩れるんだけど——。酒飲んで暴れだすと、ほかの親分でも何でも、蹴っ飛ばしでも何でもしちゃうわけだよ。だけど、おれが行って『おい』といえばわかるんだから、あれは酔いに便乗して承知してやっていたと思うんだ。酒癖悪いといわれたけど、酒の味を知ってたのかな」

そういう花形を身内に抱えて、はらはらさせられたことはなかったのだろうか。

「それはないですね。あのころはぼくら自体が無茶苦茶だったでしょう。とにかくね、いまから考えればガキの集団ですよ。

ともかく、喧嘩して相手を潰さなければメシにならない。新宿でもどこでも、喧嘩やりそうな奴を行かせておいて、こっちで用意したタネをわざとまかせるんです。そいつに引っ掛かってくると、バーッと行って潰しちゃう。こっちがケツをまくると、うちの連中は意外とみんなしっかりしているし、向こうはうっかりしているから、そういうので一つずつ潰して行った。

本（『やくざと抗争』）に出ているのは、相手が現に稼業をやっている関係で、仮名にしたり場所を変えたり――親分をさらったとか、穴掘って埋めたとか、面白いことは全部書けないわけですよ。花形もそういう面じゃいろいろやっています。

おれたちはいろんなことやったけど、悪いことやってる意識はないわけよ。そのころはね。相手にしているのはヤクザ者だから、悪い奴をやっつけてる意識ですね。いつの間にか、こっちが悪い奴になっちゃったけど」

かりの話、花形を敵に回したら、これほど厄介な相手はいない。その裏返しで、彼を身内に取り込めば、たいへん頼りになる男ということになる。その程度の簡単な計算は、当然、安藤にあったはずである。

花形が安藤グループに加入したあくる年の昭和二十六年、市松旅館の一室で仲間数人とヒロポン注射をしていた石井は、安藤に現場を押さえられて木刀で仕置きを受け、旅館から追放された。

それからの石井は、安藤が出没する宇田川町を避けた恰好で大和田町に入り浸る。それがきっかけで安藤グループは、なんとなく「大和田派」「宇田川派」に分かれて行った。

安藤は、そのころはもう潰してしまっていたが、昭和二十三年春、高橋輝男の紹介で銀座三丁目に「ハリウッド」という洋品店を開いただけあって、身なりにはうるさく、スーツは銀座でも超一流の「一番館」仕立ての英国地、ワイシャツは流行最先端のアローといったふうで、靴はいつも新品をはき、顔が映るくらいに磨かせていた。親分がそうだから彼のグループも全員に近く、見よう見真似で垢抜けた服装を心掛ける。

そこへいくと大和田町に集まってくるのは、テキヤの若い衆とか外食券や闇煙草のバイ人とかが主であるから、シャツの裾をズボンの外に出し、下駄ばきで鉢巻きをしめて、爪楊子をくわえているといったようないでたちが目立つ。店もサイカン（菜館・外食券食堂）とか一杯飲み屋とかが多く、宇田川町のように洒落た感じのバー、カフェ、レストランはほとんど見当たらなかった。

石井の肌には気取らない大和田町の方が合っており、彼は既成の落合一家や武田組と強引に話をつけて、新規に開店するパチンコ店の景品買いを始める。彼の勢力は、いわゆるザコまで含めると、たちまち百数十人に膨れ上がり、渋谷で最大となった。

その年の暮れに石井は、ヒロポン中毒でポン五郎とよばれていた武田組の身内が経営するマーケット内の飲み屋で、花形と花札をいじくっている現場に踏み込まれ、二人揃って渋谷署に抛り込まれた。

罰金を払って出て来たのが、クリスマス・イブである。

「石井よ、今日はクリスマスだから、三崎のところへ行って二十万ばかりとっちゃおうじゃないか」

渋谷署の前で花形がそういった。

そのとき三崎は安藤に「アトム」の経営をまかされ、店名を「くるみ」とかえてキャッチ・バーをやっていた。その店で花形の女房である千鶴子と石井の女が働いていたのである。

千鶴子は代々木八幡の自宅から渋谷区本町の関東女学院に通ううちズベ公になり、

渋谷で一つ年上の花形と知り合って同棲を始め、十八歳で女の子をもうけて入籍する。その子がたまたま乳離れした時期に「くるみ」が新装開店することになり、マダムにおさまる三崎の妻が関東女学院で千鶴子の一年上級生であった関係から、こどもの世話を母親に頼んで店を手伝っていたのである。

花形に誘いをかけられて、石井は思いとどまらせようとした。

「敬さん、そりゃよした方がいいよ」

前で述べたように、安藤に新宿から随いて来た兄貴クラスを別にすれば、三崎は安藤が渋谷グループに引き入れた舎弟の中の最古参であり、別格の島田をNo.2であるとして、それに次ぐNo.3に位置していた。そういう先輩を脅すのは、いかにも不穏当である。

「かまわねえよ。あの野郎、ゼニばかり残しやがって――」

花形がいったん言い出したら石井には止められない。仕方なく「くるみ」へ同行した。

「おい、三崎いるか」

花形は店のボーイに向かって、先輩を呼び捨てにした。そのボーイというのが、前出の山下哲と一緒に安藤組の末期、孤立する花形を支えた池田民和である。彼はそのとき海城高校から国学院大学に進んで、一年に在学中であった。

店にいた三崎に花形は横柄な口をきく。

「おい、ゼニ貸せ」

「ゼニなんかないよ」

「何をこの野郎。しこたま儲けやがって、ないわけねえだろう」

三崎は我慢していたが、後輩に野郎呼ばわりされて、血が頭に上った。

「よおし、てめえの料簡がわかった。そういう考えなら上等だぞ」

彼は血相をかえて、ばっと表へ駆け出した。素手では到底かなわないから、自宅に拳銃でも取りに行くつもりだったらしい。石井にはそう見えた。彼はその次の場面をこう話す。

「おれ、大変なことになっちゃったな、いやだな、と思ってたら、花形が追っ掛けて行って、ふんづかまったですよ。そしたら、あのフーテンが泣きが入っちゃったもんね。勘弁してよ、勘弁してよ、って、電信柱にしがみついちゃって放さないんですよ。お前、この野郎、喧嘩もできないのか、っていわれてね」

そこへ、千鶴子が駆けつけた。

「あなた、何やってるの。やめてちょうだい！」

千鶴子にすれば、花形は夫でも、三崎は安藤グループにおける彼の先輩であり、しかも自分にとっては店のマスターなのである。この場面では三崎の側につかなければならない。

ところが、花形はすがりつく千鶴子を振りほどいて、彼女の腹部に蹴りを見舞った。話すのは、ふたたび石井である。

「チーちゃんはお××コ蹴飛ばされちゃったのかな。道路にのびちゃったですよ。自分の女房でも何でも、かまわないんだから。バーンですよ。あれからしばらくね、チーちゃんは毎日寝小便垂らしてたっていってたね。いつもお小水漏らしちゃうの、って――」

これではまるきり暴力亭主だが、一変して千鶴子に優しくしたりするので、石井には花形という人間がますますもってわからなくなる。

昭和二十七年が明けて、石井が性懲りもなくポン五郎の店の中二階で花形たちと花札賭博にふけっているところへ、いつものように「くるみ」を終わった千鶴子と石井の女が連れ立って迎えに現れた。

「待ってろ」

いわれて二人は階下にいたが、勝負事というのはなかなか切りがつかない。

「女同士でやってましょうか」

二人が花札を始めてしばらくすると、またしてもガサ（手入れ）をくった。今度はお互いの女が賭博現行犯で渋谷署にしょっ引かれる。

「おれ、ブタ箱に入っちゃったものしようがねえじゃないか、っていったらよ、あれだけチーちゃんを蹴飛ばしたりしてるのが、毛布買い込んだりして、たいへんなんですよ。それで差し入れに行ったね。

そんで、女を出せ、おれを代わりに入れろ、って、きかないんですよ。こればっかりは通らなかったね。そんな無理いったってしようがないじゃないか——刑事《でか》になだめられて、花形はこういいましたよ。大事にしとけよ、ってね」

安藤はそれから間もなく、宇田川町に事務所を設けて「東興業」の名乗りを上げた。いわゆる「安藤組」が、組織として公然化されたのである。

このとき、安藤は「東興業」と「安藤組」のいずれの頭文字ともとれる「A」を浮き彫りにしたバッジを三百個用意させたが、それでも不足を来たした。

私の推測では、花形と三崎のあいだのもめごとが、組結成の引き金になったように思える。膨張する集団には組織的な統制が不可欠であり、花形のように身内の序列を無視して憚らない人間には、なおのことたがをはめておく必要を認めたのであろう。花形の内なる「虎」は、都内でも屈指の暴力団にのし上がった東興業つまり安藤組の中にあって、やはり猛々しさを周囲に感じさせずにはおかないていのものであった。

それは内部の問題として、安藤組の旗上げが、外部に向けての示威を意識した行為であるのはいうまでもない。

安藤は金が入るたび、御殿場の米軍基地に出掛けるなどして、できるかぎり武器を集めた。最終的に五十数挺となるピストルの主力は32口径より殺傷力のはるかに強い45口径で統一した。型を揃えておけば弾の仕入れが面倒でなく、いざというとき、組員が相互に弾倉や弾を融通し合える利点があると考えたからである。そのほかに散弾銃、ライフル、カービン銃なども十数挺買い込んだ。

安藤が事務所を開設したビルは、お茶屋との共同出資による新築で、当初、所有面積は折半になるはずのところ、安藤が博打で負けて、取り分は地階だけになってしまった。

安藤組は、そのビルに数カ月いただけで、事務所を宮益坂の上にあるビルの二階に移した。地階だと、通りから爆弾を一つ投げ込まれれば、居合わせた人間が全滅しかねない。他の組織からの攻撃を想定しての移転であった。

その年、つまり昭和二十七年の五月七日、花形は始めての懲役を経験することになる殺傷致死事件を仲間の佐藤昭二と二人で惹き起こす。

その日の午後十一時ごろ、花形と佐藤が宇田川町のサロン「新世界」の前を通りかかると、白系ロシア人で通称をジムというワジマス・グラブリ・アウスカス（当時三十歳）が、飲食代のことで「新世界」の経営者を足蹴にしている場面に出くわした。

このジムという男は、どこの組織にも属さない一匹狼で、キャッチ・バーを経営している札付きの悪《わる》である。日ごろから彼を快く思っていない二人は、割って入った。だがジムは容易に引き退らない。

そこで佐藤が足払いを掛けて投げ倒し、花形が蹴飛ばして引き揚げた。激昂したジムは自宅にとって返す。彼の妻は通称をお蝶といい、これがまた女ヤクザである。やられたときくと、刃渡り一尺四寸の日本刀を持ち出して、ジムともども、二人に復讐しようと宇田川町へやって来た。

だが、夫婦は二人を見つけることができず、近所の喫茶店のマスターになだめられ、社交喫茶店組合の事務所で出されたビールを飲み始める。

ジムを痛めつけたものの、あとの様子が気にかかった花形と佐藤は、翌八日午前一時ごろ現場に立ち戻ってそのことを知り、夫婦と和解できればと事務所に入って行った。

二人を見たジムは話し合いに応じるどころではない。たちまち喧嘩が再燃して、夫婦と二人はもみ合いながら表へ出た。そのとたん、ジムは持っていた日本刀を引き抜く。佐藤が彼の両腕を押さえながら争ううち、お蝶がハンドバッグをさぐるような手つきをした。とっさにピストルを出そうとしているのだと判断した花形は、彼女を殴り倒した。それと前後して佐藤がジムを路上に押さえつける。花形は日本刀を持っているジムの右手を右足で踏みつけておいて、左足で頭などを蹴った。そのときの傷がもとでジムは破傷風にかかり、十二日後に死んだ。

二人は東京地裁で懲役三年の判決を言い渡され、控訴した。しかし、正当防衛であったという彼らの主張は退けられる。お蝶がピストルを取り出そうとしたというのは花形の錯覚で、彼女はピストルを持っていなかった。その点も二人には不利であった。

昭和二十八年九月十六日、控訴は棄却されて刑が確定したが、花形は強要と住居侵入の余罪でもう一つの裁判が東京地裁で進行中であったため、小菅の余罪房に入れられた。

彼はその年の十一月五日にこの余罪で懲役一年の判決を申し渡されて、やはり控訴し、翌二十九年二月九日、控訴棄却となり、宇都宮刑務所に下獄するのだが、東京地裁の判決理由（抜萃《ばっすい》）を原文のまま左に挙げておこう。
（罪となるべき事実）
被告人は、
第一、
㈠昭和二十八年四月二十三日午前二時過頃、都内渋谷区宇田川町「サロン・サンシャイン」方において同店マネージャーを通じて同店女給安田恵美子（当二十四年）に対し同行を求め、同女をして右の要求に応じない時はいかなる危害をも加えかねない態度を示して脅迫し同行を強要し、よって同女をして同所より同区桜丘五番地「もみじ旅館」こと山田勲方二階迄同行をよぎなくさせて以て義務なきことを行わしめ、
㈡同日午前三時頃同町七十五番地「サロン白百合」こと白山一枝方において同店女給小西千津子（当二十二年）に対し「用があるから一諸《ママ》に来い。」と申向け、同女をして右の要求に応じない時はいかなる危害をも加えかねない態度を示して脅迫し同行を強要し、よって同女をして同所より同区円山町八十九番地「ときわ旅館」こと小泉方前迄同行をよぎなくさせ、以て義務なきことを行わしめ、
㈢同日午前四時三十分頃、前記白山方において右小西千津子に対し前同様の手段を以て脅迫して同行を強要し、同女をして同所より同区栄通一丁目二十八番地路上まで

同行させ以て義務なきことを行わしめ、

第二、

㈠同日午前三時頃不法に前記「サロン白百合」こと白山一枝方勝手口ドアより同家に侵入し、

㈡同日午前四時三十分頃前記白山方女給を連れ出す目的を以て同方裏手窓よりガラスを開けて同家に侵入し、

以て人の住居に故なく侵入したものである。（法律の適用）

法律によると被告人の判示行為中、第一の強要の点は、各刑法第二百二十三条第一項に、第二の住居侵入の点は各同法第百三十条、罰金等臨時措置法第二条第三条に夫々該当するが、以上は刑法第四十五条前段の併合罪であるから犯情の最も重い安田恵美子に対する強要罪の刑に法定の加重をなしその刑期範囲内で被告人を懲役一年に処し、未決勾留日数百五十日を右の本刑に算入し、訴訟費用については刑事訴訟法第百八十一条により全部同人の負担とすることとし主文の通り判決する〉（登場人物は仮名）

花形がこの事件を起こしたのは、ジム・お蝶に対する傷害致死および傷害罪で一審判決を言い渡されてから二週間目のことである。保釈で出て来てすぐの事件であった。

よほど女が欲しかったに違いない。午前二時すぎに「サロン・サンシャイン」のホステスを旅館に連れ込んだが帰られてしまい、午前三時ごろ今度は「サロン白百合」の勝手口から千津子を連れ出すが、これまた旅館の前で逃げられてしまう。そこで四時半ごろ、「サロン白百合」に立ち戻って窓から店内に入り込み、千津子をふたたび表に引っ張り出したが、結局はかわされて終わった——というようなことであろう。

窓から入り込むのは穏やかでないが、酔客がホステスにしつこく同行を求めるのは、よくあることである。決してほめられた行為ではないが、この程度なら一般の人であれば実刑を課せられるほどの罪にはたぶんならない。

起訴状の冒頭に「被告人は渋谷付近の不良の首領株であって付近の者に恐れられていた者であるが」と記載されているように、花形のふだんの行いと、さらにはジム・お蝶との一件が裁判官の心証を悪くしたのであろう。

昭和三十年七月、石井も傷害で六カ月の刑を受け、宇都宮に服役する。たまたま花形と同じ棟に収容されて、石井は二階の、花形は階下の出入口に近い房に入っていた。階段を下りて来た石井が初めて花形の姿を認めたとき、彼は声を掛けようとしてやめた。花形は彼に気づいていながら、すっと横を向いたからである。

それから、石井は花形の房の前を通りかかるたび、声を掛けようとしては間合いをはずされ、ついに一度も果たさなかった。

作業のあと、二級者の印をつけた花形はいつも、机に向かって本を読んでいた。服役者には無級、三級、二級、一級とあって、刑期にもよるが、四年の刑だと半年で三級、それから一年で二級といったところが通常である。ただし、反則があってはいけない。担当抗弁といって、看守に逆らっただけで資格を失う。

渋谷での花形を見ている石井には、真面目な彼の服役ぶりが、誇張ではなく驚きであった。

俗にいうションベン刑を終えた石井は、無級のまま先に出所する。

暴れているときの花形と、真面目に机に向かっているときの花形の、いったいどちらが彼の素顔であるのか、いまもってわからない、と石井はいう。

8

花形が宇都宮で服役中、彼の面倒を陰に日向《ひなた》にみたのが、渋谷で顔馴染みの飯島四郎という男である。

彼は花形と同年で、昭和五年に栃木県の小山市で生まれた。父親は小山駅に勤める国鉄職員だったが、彼が小学校五年生のときに死んだ。

成績がトップ・クラスだった飯島は、地元の進学校、県立小山中学校へ進むが、経済面から学業を続けるのが困難になり、二年生の半ばで中退して、家計を助けるためかつぎ屋を始める。

十五歳のとき、友だちと二人で米を一斗ずつ背負って東京へ売りに来たが、初めての上京だったので勝手がわからず、有楽町駅で下りてうろうろしていたら駅前交番の巡査につかまって丸の内署に連行され、米は全部没収されてしまった。

親元に送り帰されたが、一度見た東京が忘れられず、映画に出てくるキャバレーのボーイに憧れる。糊のきいた白Yシャツに蝶ネクタイというのは、田舎で育った少年には華やかな都会のイメージそのものであった。

昭和二十三年、兵隊に行っていた長兄が帰って来たのを機に、一家の大黒柱の役を免れた次男坊の飯島は、平野という床屋の倅を誘って家出し、その足で有楽町へやって来た。ときに十八歳である。

二人は中央口の真向かいにある「ラクチョウ」という店に飛び込んだ。一階がスタンド形式の焼酎ホールで、二階がキャバレーになっている。

社長が二人を面接して、飯島を二階に、平野を一階に振り向けた。そして、平野に命じる。

「お前のはいてる靴、こいつに貸してやれ」

飯島は下駄ばきだったのである。平野には店から麻裏ぞうりが貸し与えられた。

飯島は念願かなって蝶ネクタイをつけ、三十人ほどいたホステスのあいだを泳ぎ回る。ところが「キャバレー・ラクチョウ」はそのときすでに傾きかけており、昭和二十四年三月、別の店から山田というマネジャーともども引っ張られたのをさいわいに、そちらへ移った。

新しい職場は大和田町にあった「クラブ渋谷」というカフェで、安藤の愛人が経営していた。ある夜、店が終わってから、職場の仲間と二人で宇田川町に行き、「中村屋」という食堂で夜食をとっていると、居合わせた二人連れのうちの一人が、何のいきがかりもなしに、いきなり飯島を殴った。

この男は通称をチビ早という落合一家のヤクザで、ひどいヒロポン中毒にかかっており、見境なしに拳をふるったのである。

そんなことを知らない飯島は表に出て、連れに相手方の二人を呼びにやり、米兵が多く利用していた「ホテル千歳」のわきで丸太棒を拾い上げて、彼らをぶちのめした。それを見ていた近くのキャッチ・バーの用心棒がチビ早たちの仲間だったからただでは済まない。たちまち七、八人のヤクザが集まって来た。

飯島は道玄坂で、連れは渋谷駅の方角へ別れ別れに逃げたが、彼らは丸太棒を振った飯島を追い掛けた。酒気を帯びていた飯島は坂の途中で息切れしてつかまってしまう。

「殺すなら殺せ」

開き直った飯島のあごにいきなり一人の蹴りが入り、彼はその場に倒れた。あとは寄ってたかっての乱暴狼藉《ろうぜき》である。

うつ伏せになって蹴られながら、ほんとうに殺されてしまうのではないか、と恐怖に震えているとき、たまたま花形とポン五郎が通りかかった。それで飯島は救われる。二人はヤクザたちに話をつけて彼を助け起こし、両側から支えて「クラブ渋谷」まで送り届けてくれた。

飯島は花形と初対面だが、彼の名前はいやというほど聞かされている。翌日、前夜の連れと二人で礼をいいに、おそるおそる花形を訪ねた。

「よお」

気さくに迎えた花形はこういった。

「大和田もいいけど宇田川町の方が面白いぞ。こっちへ出てこないか」

それが縁で、のちに花形は手のつけられない暴れ方をしていても、「四郎ちゃんがいうなら帰る」というほどの仲になる。

「クラブ渋谷」は十五坪の広さで、女の子を十五人ほど置いて、安藤の方針により堅い商売をしていた。ぼったりはしなかったので、東急の社員など客筋もよかったのだが、利益が思ったように上がらず、飯島が行ってから約一年で店を閉めた。

そこで彼は渋谷松竹の地下の「キャバレー松竹」にメンバーとして移ったが、それまで住み込みだったのが通いになった。

アパートを借りる金のない飯島は、安藤組の若い衆が用心棒をしている「ニュースター」という店の経営者に頼み込んだ。

この店は宇田川町に軒を並べるキャッチ・バーの一つで、「サロン春」といっていたが、一人の客から七万五千円の勘定を取り上げて営業停止をくらい、店名を変えたばかりであった。

飯島は「キャバレー松竹」が午前零時に閉店したあと「ニュースター」の仕事をただで夜明けの五時まで手伝い、その代わりカンバン後の店内のボックスに寝泊まりさせてもらうという条件で、経営者と話をつける。

飯島は「キャバレー松竹」を八カ月でクビになった。渋谷に来てから、ヒロポン中毒だった山田に勧められてヒロポンに手を出すうちに、自分も中毒にかかり、それが店に知れたためである。

働き場所を失った彼は「ニュースター」に雇われることになった。日給が三百円で、彼に与えられた仕事の一つは、五人いたホステスのいわばボディ・ガードである。

渋谷駅の改札口で客を引く彼女たちに影のように付き添い、取り締まりの警官が現れたら、そこいらの人間をつかまえて派手に喧嘩を吹っかけて、そのどさくさで女たちを逃がす。つかまった彼は二十四時間で検事パイ（起訴されずに釈放されること）になるという寸法である。

飯島が「ニュースター」に雇われたとき、店で女たちに出すのは、ミルク、コーヒー、ケーキのほかには、醬油を薄めたウイスキーの水割りまがいくらいのものであった。彼の入店で安い焼酎をベースにしたジンフィズ風のものが加わる。

勘定は最低で一万円を下らず、彼が記憶する最高額は三万六千円であった。酔っ払った客のふところをはたくだけはたかせたあとは、どこでどうボラれたのか、わけをわからなくするため、新宿二丁目あたりにタクシーで連れて行き、連れを装ってほかのキャッチ・バーに押し付けて、自分だけ逃げ帰る。そういう危い橋を渡るのも、飯島の仕事のうちであった。

暴力バーといえば、だれもが真っ先に宇田川町を想い浮かべるほどで、飯島によれば、その一帯は「カスバ」のようであったという。警察力が容易に及ばない非合法地区という意味であろう。

金を払おうとしない客を天井からロープで逆さに吊るし、陰毛を剃り取ってしまうという事件の報道を私は憶えているが、それも宇田川町のキャッチ・バーの出来事であった。

花形は無法がまかり通る宇田川町界隈を遊弋《ゆうよく》しながら、地元と外部から流れ込んでくるヤクザに目を光らせていたが、安藤のようには商売に興味を示さず、かといって、他の幹部のようには業者からカスリを取ることもしなかった。

そのために、花形はいつも金に不自由していた。仲間や若い衆で彼の住まいを教えられたものはほとんどいない。見せられるようなアパートに住んでいないからだろう、という噂がもっぱらであった。

車を持ってはいたが、ポンコツのルノーであった。パチンコの景品買いで景気のいい花田が米車を買っていらなくなったのを、譲り受けたのである。

花形は金を持たなくても、飲み食いには困らなかった。渋谷の街を歩いていれば、「寄って行きませんか」といったふうに、店々から誘いがかかったからである。

店の側には、花形と誼《よし》みを結んでおけば、自分の店で暴れられずに済むし、ほかの暴力団員からいやがらせを受けたとき、彼に助けてもらえるかも知れない、というような計算が、当然働いていたと思われる。しかし、損得抜きで彼の面倒をみた人間がいたのも事実である。

前出の山下はこう証言する。

「宇田川町で一膳飯屋をやっている頑固者の親爺がいましてね。ヤクザや愚連隊が店でごたついたりすると、お前たちみたいな薄汚いのは出て行ってくれ、と怒鳴りつけたりするんですが、敬さんだけは別扱いでね。敬さんがつかまると、好物のウナギを割いて、差し入れに行ってましたよ」

その一膳飯屋というのが、飯島がチビ早に殴られた「中村屋」である。

飯島は傷害罪で執行猶予中、脅喝で逮捕され、併合で一年半、宇都宮刑務所に服役した。

花形が入って来たのは三カ月後である。そのとき飯島はたまたま所内で喧嘩をして、独居房に入れられていた。

「今日、花形敬が入ったぞ」

担当看守に教えられて、飯島は隣の房へ格子越しに囁いた。

「花形敬というのが入ってるはずだから、どこにいるか、ちょっと聞いてくれ」

小菅から回されて来た受刑者は、かならず一日は独居房に入れられるのである。

房から房へと伝言が送られて、花形は飯島のところから五つ先にいることがわかった。

飯島は二週間の懲罰があけて、作業場で顔を合わせた。

「敬さん、ここへくりゃ大丈夫だから任しといて。仕事なんかしなくていいから」

　作業場には三百八十人の受刑者がいて、めいめいが細長い机に向かい合う恰好で、そのときは幼稚園児用の写生板をつくっていた。飯島の仕事は最終の仕上げである。彼は昼休みがくると、十メートルほど離れた位置にいる花形の机の下に、一日のノルマ分をこっそり置いてやった。

　そのうち、飯島は花形に計算の係に回るよう助言し、看守に根回しした。その方が楽だからである。

「敬さんは、中ではほんとうに真面目だった。足を引っ張ったり、喧嘩を売ってきたりするのがいたけど、ゴミみたいなの相手にしたって仕方がない、という態度でしたね」

　と飯島はいう。石井が見たという、作業のあと読書にふけっていた花形の姿も、飯島の証言内容に重なり合うものである。

　飯島は刑期の終わりに近く、服役態度が良好だというので、福島県下のダム工事現場へ代役に送られることになる。そのとき彼は二級をつけて洗濯場にいた。

　洗濯場で働いていると、食事はいいし、石鹸などのもらい物も多い。それに、いつも清潔な下着を身につけられる特典がある。冬になると、とっぽいのは、ちゃっかりジャンパーを二枚縫いつけて着込んでいる。暖房のない刑務所は、終日歯の根が合わないほど冷え込むので、この〝余禄〟はばかにならない。飯島は自分の後釜に花形を入れて、彼と別れた。

花形は宇都宮刑務所で離婚を経験する。

「くるみ」で千鶴子と一緒に働いていた池田の表現によると、彼女はエリザベス・テーラーを日本的にしたような色白の女性で、背は小柄だがバストとヒップが張り出していてコケットリーがあり、彼女がついた客のなかには一万円、二万円と法外な勘定をとられても、またやってくるものがいたという。

池田は「くるみ」で働くうち、「ジャポック屋」と呼ばれていたＪＡＰＯＣ（米占領軍）ナンバーの米車を扱うディーラーと組んで、売り手と買い手のあいだの橋渡し役をするようになる。当時、米車の平均的な値段は一台三千五百ドル前後で、商談がまとまると双方から百ドルの報酬がもらえた。

そういう副業の関係で、「くるみ」には日系二世が何人か客として出入りしていた。その中のフタガミという将校が千鶴子と愛し合う仲になり、結婚話へと進んだのである。

そのためには花形と千鶴子が離婚しなければならない。気の重い使者に林の健坊と呼ばれていた身内の一人が立った。宇都宮刑務所の面会所で、恐る恐る離婚届の用紙を差し出す林に花形は感情を露わにするでもなく、静かに判を捺した。しかし、胸中は複雑であったろう。

昭和三十一年六月五日午前一時ごろ、刑期満了で出所したばかりの花形は、宇田川町の飲み屋街を石井と歩いていて、たまたま刑務所で一緒だった王宗信という中国人に声を掛けられた。

「おい、花形」

「てめえ、花形とは何だ。中とシャバとじゃ違うぞ」

そういうなり花形は王を一発で殴り倒す。脳震盪を起こした王は動かなくなった。

「やばいぞ」

石井は花形を引き立ててその場から逃げた。しかし、間もなく、パンチで切れた唇をハンカチで押さえた王が警官と捜し歩いているところに出くわし、花形は逮捕される。

王の傷は全治十日間と診断され、傷害罪で起訴された花形は翌三十二年一月十日、東京地裁で懲役八月の判決を言い渡されて控訴、四月二十二日に東京高裁がこれを棄却して、彼は十二月三日まで長野刑務所で刑に服するのだが、その年の三月十日、安藤組が地元の武田組と摩擦を起こし、事態は全面対決寸前にまで発展した。

その発端は午前零時ごろ、安藤組組員の榎本公一が酔っ払って、武田組配下の屋台を壊したため、榎本と一緒にいた日山正照が大和田町の武田一郎親分宅に連れ込まれたことから始まる。

これを知った安藤は宇田川町の渋谷会館の地階にあるトリス・バー「地下街」で花形、石井、瀬川康博らと相談して、ことを穏便に解決しようと、幹部である花田を武田宅へ謝罪に出向かせた。

ところが、日山を連れて帰るはずの花田はなかなか戻ってこない。あとでわかるのだが、彼も武田方に監禁されて暴行を受けていたのである。

午前一時ごろ、「地下街」に武田組配下の金田寛と宮崎武雄の二人が顔をのぞかせた。これを石井が見咎め、安藤組の動向を偵察しに来たものと判断して、奥まった席に連れ込む。

「武田組とのもめごとが片付くまでここにいてもらいたい」

安藤は、いざというときの取り引き材料にするため、二人にビールを勧めながらそのように申し渡した。

しかし、二人が「地下街」に探りを入れに来たとわかったからには、長居は無用である。安藤は午前二時過ぎ若い衆数人に命じて、彼らを上通りのバー「ドール」へ移し、内側から施錠した。さらに午前三時ごろ、花形が言い出して、円山町の料亭「立花」の奥座敷に二人を連行する。そのころ「立花」には、予想される武田組の襲撃に備えて、呼び出しを受けた組員が続々と集結しつつあった。

しかし、夜が明けてから花田と日山が武田宅から帰って来たため、安藤組も金田と宮崎を解放して、両勢力の衝突は回避される。

それで済ましておけばいいものを、四月四日、花形が単身で武田方に乗り込んで行った。花田が監禁された際に残して来た彼の衣類を返せ、というのが、表立っての理由である。内心はうやむやに終わったのが面白くなかったのであろう。相手方が言を左右にして衣類の返還に応じないとみるや、その男の横っ面を張り飛ばして引き揚げて来た。

その夜、石井は桜丘町のアパートの自宅で新婚間もない妻と寝ていて、花形に起こされた。

「どうしたんだい？」

尋ねた石井に花形はこともなげに答えた。

「いま武田のところに一人で行って来たんだ」

「で、やられちゃったのか」

「ばか、なんでおれがやられなくっちゃいけないんだ。武田の親爺、震えてたよ」

石井はあわてて起き出した。折角、武田組とのあいだをまるくおさめようとしているのに、それではわざと挑発するようなものではないか。

果たして武田組は翌五日午前二時ごろ、「立花」と「地下街」を襲ってガソリンを撒いた。花形と石井は美竹町のナイトクラブ「ラミー」に森田と瀬川を呼び出して、対策を協議した。

血の気の多い瀬川は、「ラミー」の前に駐めてあった森田のフォードの中から十七連発のライフルを取り出し、安藤組のキャディラックを運転して走り出す。花形らは森田のフォードで後を追った。

瀬川はキャディラックを武田宅に乗りつけると、いきなり玄関の扉に実弾三発をぶち込んだ。武田宅は安藤組の襲撃を避けるため無人だったが、これで総デイリは必至の形勢になった。

以下の安藤による記述は、その折のことである。

〈テキヤのT組とはここ数年、何回となくもめごとをくり返している。

かといって、T組のT親分と私とは、終戦時分から仲のいい付き合いをしている。

彼は、度胸のいい闊達な男である。

しかし、狭い土地に人数が増えると、末端では年がら年中くだらぬことで争いを起こし、結局、屁のつっぱりにもならぬことで懲役に行くことになる。

私は隣室に志賀を呼び、電話の件を話した。その結果、私と志賀と二人でTの親分筋に当たる新宿のK会長のところに掛け合いにゆくということになった。Tとどんぐり同士の争いをくり返していても仕方がないし、らちが明かぬからである。会長は関東でも屈指の大親分である。しかし、喧嘩になれば五分と五分、私も志賀も背広の下にホルスターをつり二挺ずつ拳銃を用意した。六連発のスペヤー弾倉を四つずつ、これだけあれば相当の人数も相手にできる。……

白みかけた空に暁星がきらめき、まだ眠っている街は乳色の朝もやにおおわれていた。……ハンドルを握ったマーキュリー・コンバーチブルの爆音が四辺の静寂を破って突っ走った。

新宿のK会長の自宅前を二回旋回し、公衆電話で事務所へ連絡を入れた。待ちくたびれた三崎の声が出た。

「Kのところはまだ閉まってる。俺たちが入って十五分しても連絡なかったら、お前たちはTのところに殴りこめ」……

午前六時、番頭らしい年寄りが、ガラガラと音を立ててブラインドを開いた。

「ごめんくださぃ」

二人は開いたばかりの入口に体をすべりこませて声をかけた。

「朝っぱらから申しわけありません。私、渋谷の安藤と申します。K会長ご在宅でしたら、ちょぃと急ぎの用で出向いたとお伝えください。勝手ですが急ぎます」

私はたたみこむように言った。

「少々、お待ちを」

番頭が奥へ入って二、三分すると、着流しに半纏《はんてん》姿の、老いても小粋なK会長が姿を見せた。二人は頭を下げて、

「お初にお目にかかります……」

「おお、かたいことは抜きだ。さ、お入り」

二人は奥の応接間に入った。ソファに坐ると、脇の下の大きな拳銃がゴツゴツと邪魔になった。

「何か用かぃ？」

「ええ。じつは昨夜遅くT組ともめまして、ご縁つづきのお宅さまに掛け合いに参りました」

二人は息を殺して返事を待った。返事次第で引き金を引かなくてはならない。それはほんの数秒だったが、私にはずいぶんと長く感じられた。

「Tとか……」

「どんな理由か俺にはとんとわからねえけど、Tは俺が呼びつけて話そう……」

「で……」

「わかった、わかってる。もう言うな。あはは……」

さすが関東のK会長である。笑いとばされて私たちはひとたまりもなかった。

「おい！　酒をもって来い！」

若い衆が持って来た冷酒をK会長がついでくれた。

「俺のところへ二人でとびこんで来たお前さんたちの根性が気に入った。だけど安藤、これからは物騒なものなしで遊びに来いよ……ははは」〉（『やくざと抗争』）

ここには書かれていないが、冷酒を会長が注ぐとき手の震えが止まらず、一升瓶の口の部分とコップの端がぶつかり合って、カチカチカチとこまかい連続音を立てた。

「いやあ、俺はアル中でねえ」

と親分は弁解したという。

「極東の関口さんがあいだに入って手打ちしたんだけど、面白くないガキだと思ったんじゃないかな。悪いことしたと思うよ。おれだって、いま二十五、六のガキにピストル持ってこられたらたまんないもの。勘弁してくれ、っていうよ。だけど、あのころのおれは、喧嘩やったら頂上を狙え、といつもいってた。狙われた方には隙があるけど、狙う方には隙がないから、どんな親分だろうが、どんなに警戒しようが、狙われればそれでおしまいだものね。頂上はこわいから、おれとは喧嘩させせないようにする。

てめえのところ、やるのか、やらないのか、と掛け合いに行って、面と向かって、やる、といったのはいないね。そこまでやられると精神的にもう駄目ですよ。根に持ってこっちをやろうと思ったら、何人か殺《や》らなきゃならないでしょう。おれ一人を殺ったって、年中やりそうな顔してるのが、おれのところにはいっぱいいる。だから、何かもめごとがあって、おれが掛け合いに行ったら、先方はすぐいうことをききましたね」

安藤の懐旧談は、彼が率いた集団の特性を雄弁に物語っている。安藤組はヤクザの世界の秩序を否定する、アウトローの中のアウトローであった。なかでも、花形のアウトサイダーぶりは際立っていた。彼には安藤組の構成メンバーという意識さえ希薄で、「花形敬」を一枚看板に世の中を押し渡っていたからである。

武田組との手打ちのあと、花形は後に分家して親分となる武田一郎の実子分を、渋谷駅裏のヤキトリ屋街の人混みの中で殴り倒した。昏倒した相手はしばらく路上に伸びていたが、気づくとひょっこり起き上がり、「憶えてやがれ」と捨て科白を残して姿をくらました。

その話を聞いて心配する石井に、花形はこういうのであった。

「憶えてやがれ、って、何を憶えてりゃいいんだ。来やがったら、また一発よ」

この世界では、弱い者はまず殺されない。自ら恃《たの》むものほど命を落としやすい。しかし、正真正銘こわいもの知らずの花形は、そのことに気づいていない。

そのころ安藤組は膨張に膨張を続け、組員を名乗る同士がぶつかり合って、お互いに顔も名前も知らないというあり得ないことが、末端では珍しくなくなっていた。

安藤の知恵袋である島田は、もっぱら彼らのいう絵図面書き、つまり軍師役に徹していたが、三崎、花形、石井、花田、志賀、森田、矢島らの幹部たちは、それぞれに準幹部クラスを従え、彼らがまた若い衆を擁して、各派を形づくっていた。彼らは意識してそうしたわけではないが、人間には好悪の感情がつきものであり、もろもろのしがらみなどもあって、自然に派閥が生じたのである。

後に花形が殺されるきっかけをつくる田中眞一は、新宿に事務所を置く矢島の一派に属していた。

その年の夏、彼は渋谷全線座の地階にあるダンス・ホール「ハッピー・バレー」へ兄弟分の古田と二人で出掛けて行って、花形派の若い衆たちにいやがらせを受けた。暑いのでジャンパーを脱いで肩に掛けたところ、ポケットから煙草の箱が落ち、それを彼らがこれ見よがしに踏みつけたのである。

「ハッピー・バレー」にはいつも花形派の若い衆が入り浸っていて、他派の連中が顔出しするのを彼らはいやがり、因縁をつけては追い出すのが常であった。

おれがここでやらなければ、みんながまだまだやられる——そう思った田中は古田と二人で大和田町に取って返し、「大黒屋」といううすし屋から出刃包丁を持ち出すと、「ハッピー・バレー」の入口に張り込んだ。目当ては花形派の若い衆たちのあいだで羽振りをきかせているシー坊とマー坊の双子の兄弟である。

彼らが出て来てタクシーに乗り込むのを見届けて、田中と古田は別のタクシーでその後をつけた。神宮外苑の暗がりにさしかかったところで前を行くタクシーを追い越して停車させ、兄弟を引きずり下ろすと、田中はシー坊の腹部を上に向けた出刃包丁の切っ先で、ヘソの下から胃の上あたりまで一気に斬り上げた。

「人間というのは必死になると凄い。速いのなんのって。おれ、かけっこじゃ負けない方だけど、シー坊の野郎、追いつかせないで交番に飛び込んだ」

と田中は、自分のしたことより、怪我させた相手が懸命に逃げるさまを、さも意味のある発見であるかのように話す。

シー坊を傷つけたものの、田中は跡始末を独りではつけられない。古田と二人で矢島の事務所を訪ねたが、不在だったので、初台にある彼の自宅へ行った。その場には偶然、佐藤昭二ら数人の先輩が集まっていた。

「実は兄貴、シー坊をやっちまったんだ。この際、やられる前に、敬さんのところへ一挙に乗り込もう」

と矢島に訴えた田中を、佐藤が怒鳴りつけた。

「兄弟のところの若い者をやったあげくに、ここまで来やがって。とんでもねえ野郎だ」

昭和三十年に長崎から上京して来て、渋谷で矢島の先輩にあたる猪下という男に声を掛けられ、それがきっかけで安藤組に入った田中は、組員になってまだ日が浅く、花形のほんとうのこわさを知らない。分際もわきまえずいさかいを起こし、簡単に殴り込みを口にするのが、その証拠である。

田中と古田が駆け込んだ場に居合わせた先輩連中にしてみれば、そんなことで飛ばっちりを受けるのはえらい迷惑である。隣室に矢島を連れて行って、彼の監督不行き届きを責めた。

佐藤は花形の手前、若い二人に何らかのけじめをつけさせなければならない、と考えたようである。

「てめえら、裏の線路に素っ裸で寝かせてやろう」

そういうと、二人の衣服を剝ぎ取ってパンツ一枚にし、まず、古田の身体をサラシで動けないようにゆわえて、玄関の三和土《たたき》に転がし、バケツの水を浴びせかけたうえで、矢島宅のすぐ裏手を走る京王線の線路へ運んで行って横にした。そろそろ一番電車が通ろうかという頃合である。

戻って来た佐藤が田中に踏んだり蹴ったりの私刑《リンチ》を加えている最中、花形が姿を見せた。

「佐藤、やめろ」

どうなるものかと全員が固唾《かたず》をのんで見守る中、花形が言葉をついだ。

「眞一、お前はおれのタマを取りに来たのか、それとも潰しに来たのか」

田中は黙っていた。

「てめえ、この野郎、口はないのか」

それでも口をつぐんでいた。こういう場面では何もいわないのが得策であることを、彼は知っているのである。

先輩たちが中に入って、落とし前で解決する相談を始めた。その結果、田中に代わって矢島が、相場とされていた百五十万円をつくることで、花形と話がついた。田中は自首して出て、十カ月の刑をつとめる。やや遅れて、花形が長野刑務所に服役した。

花形が出所するとき、一足先にシャバに出ていた田中は、先輩たちと一緒に長野まで出迎えに行った。そのとき花形の母親の美以も同行している。

一行は帰京する前に、揃って善光寺に詣でた。なかの一人が、美以の意を迎えるため境内の鳩をつかまえようとして、僧侶に咎められた。

「なんだ、このクソ坊主」

開き直る彼を花形がたしなめた。

「おい、よせよ」

そういうときの花形は、どう見ても分別のある大人であった。

田中はシー坊とのことがあったので、内心ではびくついていたが、花形はこだわらず、以後、彼とその仲間も「ハッピー・バレー」に自由に出入りできた。

池田（前出）はいう。

「われわれクラスで花形さんに殴られなかった人間は一人もいない。しかし、二度殴られたのも、一人もいないはずです。おれだけが一度も殴られなかった。初めから絶対服従でしたから」

そうであったとすると、これから述べる花形の頻繁な石井のアパートへの〝夜襲〟は、国士館いらい表面では花形と調子を合わせながら、その実、彼に対する殺意まで抱いていた石井の内心を見透かしての行動であった、ということになろう。

まだ石井が懲役に行く以前だったから昭和二十六年当時、彼は本気で花形を殺すつもりになって、しょっちゅう仲のいい森田たちと実行計画を練っていた。そんなある日、宇田川町の路上で、森田や若い衆たちと例によって花形殺しの方法を相談しているところに、当の本人が通りかかった。

「おい、おれを殺す相談か。いっておくけどな、ハジキじゃおれは殺せないぜ。殺したかったら機関銃持ってこい。機関銃を」

話の中身を聞かれたはずもないのに、彼はそんなことをいう。

花形の察しのよさに気勢をそがれた恰好で、殺害の相談はいったん立ち消えになったが、彼が長野から出所後、またそれが復活するのである。

花形は石井の部屋に、夜な夜な酔っ払ってやってくるようになった。六畳間の中央に大あぐらをかいて、大仰に煙草をくわえ、連れて来た若い衆にマッチをすらしているうちはまだいいが、「酒を出せ」とわめいて一升瓶の口からラッパ飲みするかと思えば、「美代子、おかゆをつくれ」などと、他人の女房に呼び捨てで用をいいつけたりする。

夫婦の営みの最中に踏み込まれたこともあった。石井が廊下の隅に設けられている共同便所へ立ったすきに、花形がそれまで石井のいた寝床に潜り込み、高いびきをかくという始末である。

あまりにも夜の来訪が度重なるので、扉をあけずに夫婦で息を殺していると、花形は大きな足で扉を蹴り倒して闖入《ちんにゅう》した。

それ以来、美代子は完全なノイローゼにかかり、廊下に花形の荒々しい足音を聞くと、もう全身が震え始めるのであった。

そうした折も折、石井の配下の牧野昭二が、上通り三丁目のバー「ロジータ」で、格別の理由もなく花形に殴られるという出来事があった。昭和三十三年二月十七日午前零時ごろのことである。かねてから、牧野は石井が花形に対して激しい敵意を抱いていることを知っている。殴られると、その足で石井のアパートに駆けつけ、「敬さんを殺《や》らせてくれ」と訴えた。

その一言で殺意を甦らせた石井は、牧野を伴って用賀一丁目の森田の実家に車を走らせた。彼はいつあるかわからない家宅捜索に備えて、ブローニング32口径を隠し場所のある森田のところに預けていたのである。

そのピストルを手にした石井は、牧野を連れていったんアパートに戻り、彼に使用法を説明する。かたわらから妻の美代子が尋ねた。

「あんた敬さんを殺《や》って何年入ってるの」

「だいたい十年くらいのものだろう」

「そんなんで一生を棒に振るんだったら、敬さんの下にいて我慢すればいいじゃないの」

「いや、そんなことしてたんじゃ、この世界で生きていけない」

夫を止められないと知って、美代子は泣きじゃくり始めた。

石井は大和田町の「富士食堂」で、牧野からの首尾を待つこととし、美代子を残して彼と二人でアパートを出る。「ロジータ」の前で張り込んだ牧野は、午前三時二十分ごろ、店から出て来た千鳥足の花形を尾行し、宇田川町のバー「どん底」の前で、うしろから声をかけた。

「敬さん」

青白い疵だらけの顔が振り向いた。特徴のある細い目は深い酔いで焦点が定まらないようであったが、向けられた銃口にはすぐ気づいた。

「いったい何の真似だ、それは」

ドスのきいた低い声に動じた気配はない。恐怖にかられたのは牧野の方であった。身体の正面を彼に向け直した花形が歩一歩迫って来たからである。

撃たなければ殺される。牧野は夢中で引き金をしぼった。しかし、弾は花形をそれた。

「小僧、てめえにゃおれの命はとれないぞ」

花形は逃げようともせず、楯代わりのつもりでもあるのか、左の掌を広げて前へ突き出し、なおも牧野との間隔を狭めにかかる。

後ずさりしながら牧野は二発目を発射した。弾はその掌を射抜き、衝撃で花形の長身が半回転した。続いて第三弾が左の腹部に撃ち込まれた。さしもの花形もその場に崩れ落ちる。

「やりました」

息せき切って「富士食堂」に駆け込んで来た牧野を迎えて、石井は鸚鵡《おうむ》返しにいった。

「やったか」

これで、やっと枕を高くして眠れる。そう思って石井が安堵《あんど》の胸を撫で下ろしていると、花形の動静を探らせるために放っておいた森田の若い衆二人が、血相かえて現れた。花形が石井と森田の居所を捜し求めて、渋谷の街をうろついている、というのである。

てっきり花形は死んだとばかり思い込んでいただけに、石井は顔面から血の気が引くのを自分でも感じた。生きた空もないとは、彼のこのときの心境をいうのであろう。撃たれた花形は、銃声を耳にして飛び出して来た近くのバーテンの肩を借りてタクシーに乗り込み、渋谷区役所横の伊達外科に向かった。

彼が受けた傷は、診断書によると左手の第二、第三指骨折と左膈骨翼骨折で、全治四カ月という重いものであった。当然、入院の運びとなる。

ところが、いったん病室におさまった花形は、看護婦の目を盗んで病院を抜けだし、石井と森田のいそうな場所を次々に訪ねて歩いていたのである。

その情報を聞いた石井は、ハジキでは殺せないぞ、とうそぶいていた花形の七年前の言葉を恐怖とともに耳の底に甦らせていた。

かたや花形は、石井と森田が見つからないとなると、朝鮮料理屋に入り込んでコップ酒をあおりながら焼肉を三人前ほど平らげ、あげくの果てが夜の白むころ、呼び寄せた女を連れて宇田川町の「岩崎旅館」の客となった。

翌朝、事務所に出て事件の報告を受けた安藤は、「岩崎旅館」から花形を呼び寄せた。

「いったい、何があったんだ」

「いや、ちょっと」

花形は何も喋らなかった。

安藤は次のように述懐する。

「ハジキで撃たれたんだから、ふつうだったら病院のベッドから動けないでしょう。それを花形は、夜っぴて相手を探して歩いて、酒くらって、女を抱いた。ほんとにたまんないよ。化け物だね。あれは。

おれがいくら訊いても、なんにもいわない。そのうち、やつのズボンの裾から撃たれた弾がぽろっと落ちてきた。考えられないでしょう。おれもいまだにわけがわからない。どういうあんばいになっていたのかね」

そのまま放っておいたのでは、身内同士の殺し合いが避けられない。新宿の加納があいだに入って花形と石井の双方を説得し、安藤が石井に三カ月の謹慎を申し渡して、この一件はいちおうの落着をみた。

事件当夜の花形の振る舞いは、尾ひれがついて広まっていく。これこそ不死身だというので、彼の人気はいよいよ高まった。

花形はそれからもろくすっぽ病院には通わず、すっぽりあいた指の穴に、若い衆に持たせた赤チンを塗って、とうとう治してしまう。いくら花形の精神と肉体が強靭に出来ているからといって、傷の痛まない道理はない。思うに、彼は注目されていることの機会をとらえて、強い自分を演出してみせたのではなかったか。

一方、石井は自首して出て、裁判で懲役七年の求刑を受けた。彼は前科があり、しかも今度の罪名は殺人未遂なので、保釈はきかないだろう、とあきらめていたところ、意外にも保釈が許された。そのこと自体はうれしい誤算だったが、拘置所を出るにあたって、花形の報復をおそれる気持が強くあった。そこで、出所の日時を妻にだけ知らせて、外部には漏らさないようかたく口止めした。

だが、シャバに戻ったその日のうちに花形から呼び出しがかかる。そのとき、安藤組員である妻の弟から情報が抜けていることを知らなかった石井はたいへん驚き、同時に半ば死を覚悟した。

花形が指定した場所は、高架になっている渋谷駅に近い山手線の下の児童公園であった。出掛けようとする石井に美代子が泣きながらいった。

「あんた、何か持って行くつもりなの？　持って行ったら殺されるわ。素手で行ってちょうだい」

公園に着くと、花形はすでに待ち受けていて、拳銃二挺を地面に抛り出した。

「おれはてめえと違って、若い衆なんか使って命は取らない。さしで勝負しよう。さあ、好きな方を取れ」

取れば殺されると思うから手が出ない。石井が突っ立ったままでいると、花形が促した。

「なぜ取らないんだ」

二人を遠巻きにして、組の連中が見ている。石井は一瞬、手を伸ばしかけて思いとどまった。

「取ったら負けるのがわかってるから、おら取らねえ。好きなようにしてくれ」

それまで低かった花形の声が、石井の言葉を聞いて、にわかに高くなった。

「好きなようにしろ？　おい、石井、おれが好きなようにしたら、お前をほんとうに殺す。そのことをいちばんよく知ってるのがお前じゃないか。てめえ、そんなに殺されたいのか。なんで謝ってくれないんだ。おれの聞きたかったのは、そういう科白《せりふ》じゃない」

石井は思わず心の中で叫んだ。助かった、と。

「これが、うしろから木刀で闇討ちくわせたくらいのことだったら、おれも謝る。だけど、一家内で命を狙ったんだ。謝ってかたのつく問題じゃない。そう思うから、お ら、覚悟して来た。好きなようにしてくれ、といったのは、そういう意味だったんだ。謝ったら、ほんとうに許してくれるのか。それなら、この通り謝る。敬さん、おれがわるかった」

石井が頭を深々と下げたとたん、花形は駆け寄って、彼の両手を自分の大きな掌で包み込み、固く握りしめた。

「よくいってくれた。石井よ、おれはうれしい。よし、保釈祝いをやろう。ほんとのことというと、お前を祝ってやりたい連中も、おれの手前があって言い出せないでいるんだ。おれがやる分には、だれも文句あるまい。さあ、行こうぜ」

許してもらったのはかたじけないが、石井は花形と酒席をともにすることにはためらいがあった。

花形はアルコールに滅法強くて、一緒に飲むと決まって朝になる。それは、この際、かまわないが、彼には酒乱の気があって、飲むほどに言葉も態度も乱暴になる。若い衆が殴られるのはそういうときであり、だれもがそのことを知っているから、街で花形の姿を見掛けると、誘われないうちに体をかわすのが賢明だとされている。

酒を飲んでからまれたのではかなわない。石井は思い切って、正直な気持を口にした。

「いったんは許してくれても、酒飲むと、また思い出していうんじゃないか。それだったら、おれはいやだ」

花形はきっぱり請け合った。

「いや、絶対に二度とはいわない」

約束通り、花形は死ぬまで、事件のことを蒸し返したりはしなかった。

「あれからだね。花形とおれが心から打ち解けたのは――。いまでも、ときどき思うことがありますよ。あいつが生きてててくれたら、きっと力になってくれてただろうに、ってね」

そう述懐する石井の掌には、花形の「馬鹿力」に握りしめられた痛みが、いまなお記憶として残っている。

かりにも自分の命を奪おうとした石井を、いっぺんの謝罪であっさり許す花形の寛大さは、アパートへの〝夜襲〟に見せた偏執的ともとれる行動からは、ちょっと想像がつかない。

児童公園での二人のやりとりで明らかなように、花形は石井を呼び出したときから、決闘などという命のやりとりは毛頭考えていなかった。それは、花形がふだんの喧嘩・に決して凶器を用いなかったことからも確かである。

凶器を手にして相手と渡り合えば、行きつくところ、殺し合いにならざるを得ない。そこで花形は自らに一つのルールを課した。ステゴロ（素手の喧嘩）しかしない、というものである。

暴力団というからには、暴力を基本にして成り立っている。その一員である花形個人に関しても同様である。しかし、彼の暴力は、一つの歯止めを自ら備えているという面においていささか異質であった、といえるであろう。

そこでまた、古くからの博徒の一家を代貸として預かる松前の話になるのだが、雨が降っていた日の午後九時ごろ、彼は仲間と二人で、大和田町の「金泉湯」という銭湯の湯舟につかっていた。

にわかに脱衣場のあたりが騒がしくなったので、湯気の中をすかして見ると、土足の花形が木刀を片手に、大股で進んでくる。

「おれたちのことかな」

松前が仲間にそういっていると、湯舟に達した花形が、いきなり彼の頭を目がけて、木刀を振り下ろした。

とっさに右手で避けたが、例の勢いだから、小指の骨が折れた。

宵の口のことで、えらい騒ぎになる。番台にいた早苗という娘が、あたふたとかけ出して行った。

「おい、服着て、すぐ出てこい。表の車の中で待ってるからな。あまり待たせんじゃないぞ」

そう言い捨てて花形が洗い場を出て行くと、仲間が松前に持ち掛けた。

「兄貴、やばいよ。釜場からずらかっちゃおうよ」

「ばか、そんなみっともねえ真似できるかよ。だいいち、ふるちんで、どうやって逃げるんだ」

早苗がかけつけた先は、「金泉湯」のすぐ裏手で豆腐屋を営んでいる石井の妻の実家であった。

石井は花形襲撃事件で自首して出る際、アパートを引き払って美代子を実家に帰した。前で述べたように、今度は保釈がきかない、と考えたからである。

美代子は自活の道を母と相談した結果、店の物置きを改装して小さなバーを開くことにした。その準備にとりかかっているところへ石井が保釈で出て来た。行く先のない彼は、美代子の実家に寝泊まりしていた。早苗はそのことを知っていて、彼に助けを求めたのである。

以前であったら、石井にはとても花形をとめられない。だが、児童公園での和解のあと、お互いのあいだはすっかり心安立てになっている。それで石井は腰を上げた。

「金泉湯」の前に停めた車の後部座席でふんぞり返っていた花形は、やって来た石井と顔を合わせると、とってつけたように高笑いをしてみせた。

「ハッ、ハッ、ハッ、ハ」

石井は遠回しにたしなめる。

「何も靴はいたまま風呂に入って行かなくたっていいじゃないか」

車には運転係のほかにもう一人、西原健吾がいた。空手四段の彼は安藤組の中で、花形を別格にすると、喧嘩がいちばん強いといわれた男である。安藤は彼との出会いを次のように書いている。

〈五月の暖い日だった。林健が私の社長室に入ってきて、

「兄貴に、いや社長に、どうしても逢わせろというヤツがいるんで連れて来ましたが、逢ってくれますか？」

と言った。

「だれだ」

私は22口径ライフルに油をくれ、銃の手入れの最中だった。

「国学院の学生で、西原健吾というんですが……」

「その学生が、どうしたんだ？」

「ええ、二、三日前に、うちの者とゴロまきまして、うちの連中が三人、怪我したんです」

しばらくして林健の後ろから、がっちりとした肩幅の若者が、のっそりと私の部屋に入って来た。

「坐れ」

「オス」

驚くほどの元気のいい声で、その男は遠慮なく坐った。

「喧嘩したそうだな」

「ええ、つい……」

い」

「それで東興業（注・安藤組）に就職しようと思ってるんですが、入社さしてください」

「それで？」

私は思わず吹き出した。

「まさか就職試験のつもりで、うちの連中と喧嘩したんじゃねえだろうな？」

私は冗談のつもりで聞いた。

「実は……そうなんです」

「あははは……お前、うちがどんな会社か知ってんだろうな？」

「ええ、渋谷に学校があるんですから、いやでも知ってます」

（大学を卒業して、やくざの組に就職しようなんて話は、はじめて聞いた。まったくおもしれえ野郎がとびこんで来た）

「どうしてだ？」

「力と力の世界、とにかく、理屈抜きで好きなんです」

「くだらねえぞ」

「くだろうがくだるまいが、私は好きなんです。とても私は、まともに生きられる男だと思いません。……それについでですが。舎弟が五人おります。学生ですがみんな空手野郎ですから、腕っぷしはたしかです。どうぞよろしくお願いします」

この十数年後に西原は私の組の幹部となり、五十数名の舎弟を従えるが、他の一家との抗争の話し合いの途中銃弾を受けて死亡する》(『やくざと抗争』)

花形はたしなめる石井に照れた様子で答えず、西原に命じた。

「おい健坊、あいつらなんで出てこないんだ。行って見てこい」

代わって石井が入って行くと、二人は板の間で身繕いしているところであった。

松前がボタンをかける指先を小刻みに震わせながら泣きついた。

「石井ちゃん、敬さんをとめてくれ。頼む、な、な」

もちろん石井はそのつもりである。

「わかった。おれが来たからには絶対にやらせない。ともかく、早く出てくんないか」

言い残して表で待っていたが、二人はなお気持の踏ん切りがつかないのか、なかなか姿を見せない。石井は引き返して行って、彼らを急がせた。

「敬さんを怒らしちゃまずいじゃないか。中でやられたらみっともないぞ。おかしくなっちゃう、すぐ出てこいよ」

二人がおそるおそる表に出ると、車の中で例によって股を大きく開き、大仰に煙草をふかしていた花形は、彼らに戦闘意欲がないのを認めて、先刻とは打って変わってやさしい声を出すのであった。

「松ちゃんよ、別に、おれ、喧嘩売りに来たんじゃないんだ。酔っ払っちまって——。気分直しに青山クラブでものぞいてみるか。乗んなさい。二人とも」

呼び捨てだったのが、いつの間にか「松ちゃん」に変わっている。だが、うかつには乗れない。「青山クラブ」というのはナイトクラブで、渋谷界隈で最も高級な店であり、勘定はかなりの額になる。それをそっくり持たされるのは目に見えているし、失費は覚悟するにしても、花形の風向きがまた変わって、からまれたりしたら厄介である。松前は、雪降りでゴム長をはいていたのを口実に、同行を断った。

「今日はこういう恰好だから、ここで失礼します」

だが、そんな言いわけは通じない。

「いいから、いいから」

花形に手招きされた二人は顔を見合わせて、渋々、車に乗り込んだ。先は先のこととして、いまここで折角おさまった〝暴れ虫〟を起こしては面倒だからである。

車が走り出すと、花形は助手席に坐る西原にからみ出した。別にこれといった理由があってのことではない。

そのうち花形は、いまにもうしろから殴りかからんばかりの勢いで怒鳴った。

「おい、健坊。てめえ、わかってるのか」

西原は運転係に耳打ちして車を停めさせ、ドアを開けるなり一目散に逃げ出した。

松前は、その場面を思い出して、こう話す。

「あの喧嘩の強いのが、物凄い勢いで逃げましたからねえ。必死なんてもんじゃない。いまも目に浮かぶようです」

そして、ふたたび、花形礼賛になるのである。

「渋谷捜しても、東京中捜しても、あれだけの男はいないね。根性があって、喧嘩ができて――。ああいうのはもう出ないんじゃないですか。現に、花形に準じる二番手さえ出ていない」

花形はその名の通り、暴力団のあいだでのスターであった。山下の次の言葉が、彼の人気のほどをしのばせる。

「拘置所に面会に行きますね。他の連中は番号で呼ばれて出てくるのに、花形さんだけは名前で呼ばれるんです。そのアナウンスがあると、百人からの面会人のあいだから、何ともいえないどよめきが起こるんだな。来ているのは、ほとんどが稼業人ですから。花形さんというのは、そういう存在だったんです」

山下が花形に連れられて何人かで赤坂のナイトクラブへ行ったとき、たまたま隣合わせに人気絶頂の力道山がいて、連れの一人が彼の勘にさわることをわざわざ言い出した。

力道山は気が短いことで知られている。山下が彼の表情をうかがうと、爆発寸前の怒りをしきりにこらえているようであった。

だが、それも長くはもたない。しびれを切らした力道山は、そっと花形にたずねた。

「もしおれがこの男と喧嘩したら、敬さん、どっちの味方につく?」

「おれ、どっちにもつかないよ」

その返事をきいたとたん、力道山の頭突きが、男の顔面に炸裂《さくれつ》した。男はその一発で、フロアに昏倒した。

力だけだったら、力道山が花形にかなわない道理がない。このプロレスの王者をして、花形の前を憚らせたものは何であったのだろうか。

背後に控える組織だというのなら、倒された男も安藤組の幹部であった。

それより少し前、力道山と花形のあいだに、一触即発の険悪な状態があった。

昭和二十七年から二十八年にかけて、路地の入り組んだ宇田川町一帯に区劃整理が施され、三十年代に入るあたりから、拡幅された道路沿いに、新しいビルが続々と建てられ始めた。そうしたビルの一、二階や地階には、おおむね喫茶店、バー、クラブなどの飲食業が入り、それらの経営者は安藤組に「用心棒料」を納めるのが、半ば強制的なしきたりとされた。

昭和三十年の暮れ、そうした新しいビルの一つに、キャバレー「純情」がオープンする。その挨拶がないというので、開店の当日、花形が出向いて行き、マネジャーに経営者を呼ばせた。

ところが、出て来たのは力道山であった。

「何の用だ」

「てめえに用じゃない。ここのおやじに用があるんだ」

「この店の用心棒はおれだから、話があれば聞こう」

「てめえ、ここをどこだと思ってるんだ。てめえみてえな野郎に用心棒がつとまるか」

花形に野郎呼ばわりされて、力道山の顔に血が上った。怒りで両手がぶるぶる震えていた。

朱に染まったような力道山の顔面に花形がぐっと鼻先を寄せて、初対面の二人のにらみ合いが数秒のあいだ続く。

「中に入って飲まないか」

折れて出たのは力道山の方であった。

店内には彼の取り巻きのプロレスラーたちが数人でとぐろを巻いていた。花形は、彼らのテーブルをひっくり返し、翌日の午後三時に銀座・資生堂二階のパーラーで話をつけることを一方的に申し渡して引き揚げた。

安藤は翌日以降の経緯を次のように書いている。

〈午後三時少し前に、東富士をはじめとするプロレスのスター連中が五人、資生堂に姿を見せた。とにかく、百五十キロ以上の巨漢、それも、テレビで有名なレスラーたちであるから、目につくことおびただしい。

「昨夜は失礼しました」

東富士が花形の前に坐った。

「力道はどうしたんだい？」

花形が煙草をくわえながら聞いた。

「それが……」

体の割りに温厚で紳士的な東富士が、口ごもり、汗を拭いながら、

「どうしても来ないので……行く必要はないと」

「よし！　わかった」

そのとたん、五人のプロレスラーの脇腹に、拳銃の冷たく固い銃口がぴったりとつきつけられていた。

彼らは思わず反射的に両手をさし上げた。

「手を下ろすんだ。お前さんたちがヘタな真似さえしなけりゃ、音は出さねえ……力道が来るまで、ちょいとすまねえが、体をかしてもらうぜ。わかったかい」

さすがのプロレスのスターたちもふるえた。まさか、銀座のド真ん中で、西部劇まがいにピストルを突きつけられるとは、予想だにしなかったからである。

彼らはそのまま、五台の車に分乗させられ、渋谷円山の奥まった待合に連行された。

「プロレス五人さらって来ましたが、力道は来ませんでした」

私が大塚からこの電話を受けとったのは三時四十分ごろだった。

その夜のうちにプロレスラーたちを帰したが、三日たっても力道からは何の連絡もなかった。

「チキショー！　なめられましたね」

大塚がいった。

私たちとしても、このまま引っ込むわけにもいかず、早速、力道山攻撃が開始された。

先ず大森池上の彼の自宅付近に網が張られた。彼の邸宅は小高い丘の住宅地にあり、門前は割りに狭い道路に面している。恐らく、彼のキャディラック・コンバーチブルが通るにはやっとの道幅であり、その道に入る前にはどうしても速度をゆるめる。私はその曲がり角の空地の生け垣が狙い射ちにかっこうと見て、私の車マーキュリー・コンバーチブルで数度、予行演習をくり返した。

私の車ですらも、一旦停止しなくてはならぬのだから、彼の車は当然、停まることになる。それから一週間、その生け垣には毎日、物騒なお迎えが交替で待機していたが、彼は一時も自宅に寄りつかなかった。

そのうえ、彼は弟子を三人車の横に乗せ、実弾を装填した猟銃を常に携帯し、どこにいっても寝る間もはなさないという情報を入手した〉(前掲書)

このもめごとは、東富士が力道山の使いとして安藤を訪ね、今後用心棒は一切しない、ということを条件におさまる。

赤坂のナイトクラブで安藤組の幹部の一人にからまれたとき、力道山の頭には、当然この一件があったはずである。だから、もし力道山に、安藤組という組織そのものを恐れてトラブルを避けようとする意思が働いていたなら、幹部に頭突きをくらわせたりはしなかったであろう。

彼は行動に移る前、花形に対して、「もしおれがこの男と喧嘩したら、敬さん、どっちの味方につく?」と、確かめている。これは、彼がその場での争いを個人に属する事柄と考えていた証拠であり、彼にとって気にかかっていたのは、相手の背後に控える組織ではなく、連れとして居合わせた花形敬そのものということになる。その花形が中立を宣言したとたん、「安藤組」をちらつかせてかさにかかっていた幹部は、一撃のもとにのされてしまった。

ごく単純に考えると、世界中の巨漢をマットに迎え撃ってチャンピオン・ベルトを守り通した力道山なのだから、素手の相手であれば、だれであろうと向こうに回してひるむ道理がない。しかし、花形に対しては、卑屈とも取れるほど下手に出ざるを得なかった。いったい、それはなぜであったのだろう。

力道山の酒癖の悪さは有名で、深酔いしては女性にまで暴力をふるい、とどのつまりは暴力団員に刺された傷がもとで、昭和三十八年の暮れにあっけなく世を去る。

マットの上に見る彼の肉体と技は、超一流であった。しかし、彼が爆発させて見せた闘志は、果たしてそれに見合うものであったかとなると、疑問が残る。プロレス八百長説のせんさくはこの際措くとして、そこにショウマンシップが多分に含まれていたのは確かである。

俗に、スポーツの格闘技と喧嘩は別物だ、といわれる。これを力道山と花形の場合にあてはめると、おのずから見えてくるものがある。前者は肉体と技で後者を上回り、後者は闘志で前者を超えていたのである。

どんなことがあっても、相手を屈服させずにはおかない意志力を喧嘩の場における度胸というのであれば、花形は超一流の度胸の持ち主であった。キャバレー「純情」での初顔合わせで、すでにして力道山は彼に気圧されていたのである。呑まれていたといいかえてもよい。

「花形の前では、だれも頭を上げられなかった。上げたら最後、白・黒がつくまで、とことんやられる。半端じゃないんだから——。結局、あの男は、自分がNo.1、お山の大将にならなきゃおさまらなかったんでしょうね」

と松前はいう。まるでスポーツの定期戦のように、恨みもつらみもないのにしょっちゅう喧嘩の相手をつとめさせられた男の言葉であるだけに、いかにもとうなずかされる。

私と千歳の同期で、明大を卒業して大映に勤め、長野大映の支配人を最後に退社して映画館などの経営に乗り出した深田徳寛（寿賀興業社長）は、興業の仕事を通じて暴力団の人間とも接触があった。彼はその体験を踏まえ、花形に関して次のようにいう。

「戦後の混乱の世の中で、われわれはみんな目標を失っていた。何が頼りかといえば、いまの時代ならさしずめ金ということになるんだろうけど、あの混乱期にものをいったのは、素朴な肉体の力だった。電車に乗るんだって突き飛ばされた時代だもの。人間はだれしも自我にめざめるころ、手近なものをにぎって自己表現をする。闇市を闊歩する半長靴が恰好よく見えた時代背景を考えると、敬さんがあの世界に入って行ったのも不思議じゃない。

ただ、あの人は、ごまかしができない。安易な妥協をしない。あまりにもまともに生きた。ヤクザの世界というのは、喧嘩に強くなくてはだめだけど、強すぎてはまただめなんだよ。若いあいだに適当に刑務所をつとめ上げて、あとは利口に立ち回ったのが親分になっている。彼は精一杯ぶつかって行って命を縮めた」

ヤクザはほぼ例外なしに底辺の出身者であり、物欲がきわめて強い。彼らは、金になるとみれば、何であれ恥も外聞もなくくらいつく。裏返せば、そうしないことには生きて行けないのがヤクザだということになる。仁侠道などというのは、世間からうしろ指さされるおのれへの言いわけでしかない。

その意味で花形は、ヤクザらしからぬヤクザであった。

花形家を訪ねたことのある安藤組の組員には、一様に、美以の賢母ぶりと、彼女が焼いてくれたクッキーが、深い印象として刻まれている。

末っ子の花形は、毎年二月三日になると、銀のスプーンを母親に贈った。その日は美以の誕生日なのである。

「西洋にそういう風習があるらしいですね。花形さんは照れ屋だものだから、はい、といって渡さずに、テーブルへポンと置く。

ハイカラな家でしたねえ。あのころ、自家製のクッキーを焼く家って、ありましたか。

小さいけど、モダーンで上品なお母さんでしたね。このところお目にかかっていませんが、お元気でしょうか」

と、フライパンの手を止めて思い出を話すのは、誕生祝いの席に連なったことのある池田（前出）である。

駒場の東大教養学部裏にあたる三叉路に、その名を店名にしたスナックがあって、客の大半は東大生や、そのＯＢ、働く女の子は、歴代、東京女子大のアルバイト学生ばかりという、キャンパスの延長みたいな雰囲気をつくり出している。

海城高校に在学中から渋谷に出入りして、明治大学に進んでからは、入り浸りに近かった池田は、山下と組んで末期の安藤組を支えたが、昭和三十九年の組解散を機に、きっぱり過去を断ち切り、年中無休のスナック経営に専念している。

フルタイムの従業員はいないから、午後十時に女子学生が帰って行ったあと、店はマスター一人になる。その彼が所用で外出するとき、店は学生たちの「自主管理」に移り、客である彼らが勝手に飲食して、その分を伝票につけ、だれかが代金を預かって、店主の帰りを待つ。それで店には何の支障もない。

安藤組はかつて「インテリ・ヤクザ」の呼称をマスコミから与えられていた。それが実体を言い表しているかどうかは疑問だが、英語を操ってアメリカ人と商売でわたり合ったりした池田は、たしかに並のヤクザとは趣を異にしている。「三叉路」は客の質もいいが、そうした彼の一面が、いまところを変えて、「自主管理」というあまり例を見ない経営に活かされているとはいえるであろう。

その池田がいう。

「花形さんは、ふだんは理性が先走っているから、飲んだとき『酔いどれ天使』みたいなところに自分を置かないともたなかったんじゃないですかね。

家族に決して背を向けていない優しさが花形さんにはあった。最高のバイオレンスと、そういうナイーブさが、同居していたように思うんです。

人は、目つきが鋭いというけど、ぼくはただの一度も、そう感じたことはありません。気障《きざ》になるけど、悲哀とか、哀愁とかいったものを漂わせた目でしたよ」

家族に背を向けない優しさといえば、石井にはこういう思い出がある。

花形が宇都宮刑務所から出所した昭和三十一年の夏、深夜に泥酔していた彼は、突然こう言い出した。

「海水浴に行こう。お前、つき合え」

タクシーに乗り込んだ花形に、いぶかる石井は引きずり込まれる。着いた先はといえば、獄中で離婚した千鶴子の実家であった。

「子供を出せ。海に連れて行くんだ」

玄関先で大股をひろげ、はずした眼鏡をかざす花形と向かい合って、千鶴子の父は浴衣の裾を震わせた。そこへ、かつての妻が駆け出してくる。

「このけだもの。私たちがやっとこうしているのに、またそれを壊しに来たの？　帰ってちょうだい」

彼女の口許はわなないていた。

何気なく振り返った石井の目に、パトカーの赤い灯が飛び込んできた。

花形と石井のあいだに和解が成立して間もなく、勢威を誇った安藤組は思いもかけないつまずきから、にわかに落ち目に転じる。そのつまずきとは、昭和三十三年六月の横井英樹東洋郵船社長襲撃事件である。

9

そのころ安藤組の主な資金源は、「四九の日」に開帳する賭博の上がりであった。安藤は毎月四日、九日、十四日、十九日、二十四日、二十九日を開帳の日と決め、都内や箱根の旅館を借り切って賭場を開き、テラ銭を稼いでいたのである。

安藤は客を開拓するのに頭を使った。たとえば、競馬場のゴンドラで懐の温かそうな人間に狙いをつけると、紳士的に近づいてキャバレーのつき合いから始める。そのうち気心が知れたところで麻雀卓を囲み、やがて相手のオフィスなり店なりに二千円程度の使い物を持って挨拶に出向く。そして、賭場へ誘うのである。

もし、それで来てくれなかったら、今度は三千円前後の手土産、それでもだめだったら五千円ほどの品、というふうにして足を運ぶ。五回通ってこなかった者は一人もいなかった、という。

こうして集めた客の中には会社社長、医師、弁護士などが多く、彼らは立場上、賭博に加わっていることを吹聴しないという安心が安藤にはあった。

それでも彼は手入れを防ぐのに細心の注意を払い、客には当日まで開帳の場所を知らせず、車で迎えに行って、警察の尾行がついている場合も考え、途中で待たせておいた別の車に乗り継ぐ慎重さであった。だから、手入れは一度も受けていない。

賭場で組員は男芸者に徹し、客が煙草をくわえるとすかさずライターの火を差し出すといったように、奉仕にこれつとめる。安藤は月に一度、若い衆を常連のもとに差し向けて、トラブルの解決など用はないかどうか、御用聞きをさせる〝顧客サービス〟を欠かさなかった。

そういうふうであったから、一晩で二百万円からのテラ銭が上がる盛況となった。それが評判になって、「四九の日」には他の組織は開帳しない。賭場を開いたところで、客種のいいのは安藤組に吸い寄せられて、自分のところへは集まってこないからである。

そこで、上客目当てに博徒たちが安藤の賭場へやってくる。

「いちいち喧嘩していたんではこっちの身体がもたないから、脅しをかけるんです。隣の部屋かなんかに、カービン銃でも何でも揃えておいて、何気なく見せる。そうするとゴタゴタいわない」

安藤はそのようにして賭博に力を入れ、それなりの資金稼ぎに成功したのだが、その程度では膨張した組織をとても賄い切れない。当時、彼の下には十三人の幹部がいて、それぞれが十八、二十人と若い衆を抱えていた。安藤は、幹部たちをめいめいに伸ばすことを考え、暴力団にはつきものの上納金もとらず、かなりの範囲まで各自の自主性に任せていたが、彼にいわせると、みんな「経営マインド」がなかった。つまりは、金儲けがうまくないのである。その最たるものが花形であった。

しかも、幹部たちの自己主張が強く、組織としてのまとまりがつかない弱点が表れてくる。

「だからね、結局、あの事件（横井英樹襲撃）を起こしたとき、おれ自体、行き詰まっていて、どこかに捌《は》け口をみつけようとしていたんですよ。

バクチで〝どっちも、どっちも〟やっているんじゃ、どうしようもなくなっていたということですね。それが、事件の伏線になっている」

と安藤はいまにして告白するのである。

彼が行き詰まりを打開しようとして悩んでいたところへ、賭場に出入りしていた三栄物産代表取締役の肩書を持つ元山富雄が、次のような債権取り立ての話を持ち込んで来た。

昭和二十五年暮れ、元侯爵蜂須賀賀正が都内三田綱町にある敷地約千坪の邸宅を数千万円で売却した。当時、白木屋の株の買い占めに乗り出していた横井は、年二割の金利を条件にそのうちの三千万円を借りた。

その後、元侯爵が死亡し、債権はアメリカにいた智恵子未亡人が帰国して引き継いだ。その間、横井は一千万円を返済していたが、残りの二千万円が未払いだったため、未亡人は二十八年秋、民事訴訟を起こし、翌秋、勝訴となった。しかし、横井の資産は、すべて実弟など他人の名義になっているため債権の取り立てが不能に陥っている。それをなんとかしてもらえないか——という話であった。

一も二もなく取り立てを引き受けた安藤は、「銀座警察」こと浦上一家の顧問である熊谷成雄と二人で元山に同道し、三十三年六月十一日午後四時ごろ、銀座八丁目の第二千成ビル八階にある東洋郵船に押し掛けた。

横井は応接室に三人を通し、総務部長同席でいちおう応対したが、まともに取り合わない。

「おれはあのとき三十二だったのかな。横井はおれのこと知ってたか、知らなかったか、ともかく小僧っ子に見えたんじゃないでしょうか。わりと若く見られる方だから。で、からかわれちゃった。

いうことがふといんですよ。金を借りて返さない方法、教えてやるからいつでも教わりにこい——そういうことを平気でいう。横井が普通に喋っていれば、あんな事件にはならなかった。

頭にきて、よっぽど灰皿でぶっ飛ばしてやろうかと思ったんです。そうしていれば何でもなかったんだが」

と安藤はいう。

軽くあしらわれて逆上した彼は、捨て科白を残して表に飛び出し、渋谷の事務所へ戻ると、東興業赤坂支社長の肩書を与えていた幹部の一人、志賀日出也を赤坂田町の同支社から電話で呼び寄せ、横井をピストルで撃つよう命じた。

志賀は自分の配下である千葉一也に襲撃を実行させることを約束する。というのも、当時二十五歳の千葉は、昭和三十年夏に安藤組に入るまで千代田区内の銃砲店に勤めていて、銃の扱いに習熟しており、東京湾に舟を浮かべての組の射撃練習で抜群の命中率をあげていたからである。

志賀が引き揚げて行ったあと、このことを知った安藤の知恵袋である久住呂（前出）は短慮を諌めたが、彼は聞き入れなかった。そこで花形らとともに、志賀を説得するため赤坂支社へ向かう。三十三年十二月二十五日の東京地裁刑事第十三部（伊達秋雄裁判長）の判決理由の中で、その間の事情は次のように明らかにされている。

〈被告人久住呂は前同日前記東興業本社において執務中、東洋郵船株式会社から帰った被告人安藤から前記横井との交渉の経過を話された上、憤懣に耐えないので報復手段をとる旨打ち明けられるや、極力その短慮を戒め、これが慰留に努めたが、同被告人がそんなに止めるなら事務所を閉めてしまう等と云って益々激昂するので、已むを得ずそのまま引退ったものの、被告人久住呂としてはこの際被告人安藤が一時の感情のままに大事を引起すにおいては、漸く発展の緒についたばかりの東興業の健全な事業に致命的な打撃を与え、自分等が今まで築いて来た努力の結晶が水泡に帰するに至ると痛く憂え、被告人志賀において同本社を出発したのを知るや、これは被告人安藤の命を受けて横井を狙撃すべく出かけたものと察し、何とかしてそれを阻止しようと考え、折柄同本社にいた被告人花形及び同浅井に事情を打明けて相談したところ、同被告人等もこれに同意したので、共に前記赤坂支社に赴いて被告人志賀及び同千葉に会い、被告人志賀に対し、「東興業が漸くここまで発展して来たのに、今事件を起せば元も子もなくなる、おやじ（被告人安藤の意）には俺が坊主になって謝るから何とか止めて貰いたい」等と云って情理を尽して犯行の中止方を懇請し、被告人花形においても「そんなことをやれば、結局社長（被告人安藤の意）にまで累が及んでとんでもないことになる」等と云って犯行に反対し、被告人浅井もまたこれに同調した。しかし既に犯行の決意を固めていた被告人志賀は、「初めておやじが怒ったのに俺達のことばかり云ってはおれない。それでは余りに意気地が無さすぎるではないか」等と云ってこれを受けつけず、暗に被告人久住呂等の弱腰を非難するような態度に出たため、被告人安藤の配下たる被告人久住呂等としては敢えてこれ以上被告人志賀の意見に反対することができなくなってしまったものの、被告人久住呂としてはことを小さく済ますことを考え、被告人志賀に対し「横井の右肩を射って確実に傷害に止めようではないか」と云い、更に「『安藤組のものだ、よくもおやじに恥をかかせたな』という口上を云って、横井を一、二発ぶん殴ることにしたらどうか」等と提案したが、これも被告人志賀及び同千葉の決意を動かすには至らなかったので、被告人久住呂、同花形及び同浅井としてはもはや事の成行に任せるの已むなきに至り、被告人千葉において横井を拳銃で狙撃するにおいては、或は横井の生命を奪うに至ることもあるかも知れないことを認識しながら、それも已むなしと考え、被告人志賀の誘いに応じて同日午后七時頃同被告人及び被告人千葉と共に志賀節朗の運転する自家用乗用自動車に乗り前記第二千成ビル附近まで同行して、被告人千葉の行を壮にして被告人千葉をはげまし、且つ被告人久住呂においては右自動車が新橋駅附近から第二千成ビル附近に到るまでの間、運転手志賀節朗にその経路を指示し、もって被告人安藤、同志賀及び同千葉の前記一記載の犯行を容易ならしめてこれを幇助した〉

志賀は以前、国粋会の系統に属していて、安藤組では〝外様〟であり、他の幹部とあまりそりが合わないのを感じた安藤が、彼のために赤坂支社を開設した。安藤に見込まれただけあって、機を見るに敏で商才もあり、『味と文藝』という雑誌を発行して、広告収入をはかるなど、新しい分野の開拓に乗り出しつつあった。

そういう企画マンの志賀だが、置かれた立場としては〝直参〟の久住呂や花形にいくら止められても、安藤が指令を撤回しないかぎり、千葉に命じて横井襲撃を決行に移さざるを得ない。

千葉は、その日の午後七時二十分ごろ、東洋郵船の社長室にブローニング32口径をかざして飛び込み、来客と面談中だった横井に「お前が社長か」と確認して、彼を目がけ弾一発を発射した。

弾は左腕から入り、心臓の下をわずかにそれて、左肺、右肝臓と貫き、右わき腹に達した。手術は一時間半にわたり銀座の菊地病院で行われたが、その弾を取り出すことができず、三〇〇〇ccの大出血で血圧が七〇に下がり、危篤と伝えられた。

横井が運よく命を取止め、それ以前にもまして悪名をはせるのは周知の通りだが、千葉の手にする32口径の銃口が火を噴いたその瞬間、安藤組の崩壊は決定づけられたのである。

三十三年十二月二十五日、東京地裁は安藤懲役八年、志賀同七年、千葉同六年、花形同二年六月、久住呂同二年（執行猶予三年）、浅井同一年六月の判決を言い渡す。安藤らは控訴したが、三十五年十月三十一日、棄却され、服役した。

右に挙げたのは横井事件の関係者だけで、このほかにも石井、森田、瀬川、小笠原ら安藤組の主だったメンバーが七人、それぞれ別の罪名だが同じ法廷で四年から四月の実刑判決を受け、下獄する。

警視庁は、横井事件を契機として、暴力取り締まりをいちだんと強化する方針を固め、重点地区と定めた渋谷と上野・浅草に「暴力取締地区本部」を設けて捜査を始めた。

横井事件の際、安藤は愛人を連れて三十四日間も逃避行を続け、「下山事件以来」といわれた捜査網を愚弄した。暴力団の取り締まり強化には、少しく体面を傷つけられた警視庁の対社会的な威信回復といった側面も見られた。

事件から三カ月後の九月十七日、警視庁は警官五百五十人を動員して、暴力団への一斉手入れを行い、渋谷地区本部で六十三人、上野・浅草地区本部で二十四人の計八十七人を逮捕し、二十七人を指名手配した。

これを報じたその日の読売新聞夕刊に、次のような記述がある。

〈今回の取り締まりの中心となった城南地区は、去る六月十一日、渋谷のグレン隊安藤組が東洋郵船横井英樹社長を襲撃した事件で当局のきびしい追及をうけその組織が寸断されたため、そのすきにテキヤ武田組、バク徒落合一家が勢力を伸ばし、さらに、これまでの手入れで追い立てられた極東組、松葉会、住吉一家の一味が入りこんで、住宅街、商店街に新しい足場をつくりはじめていた〉

渋谷は戦前から落合一家のシマとされてきたが、戦後にいたって実効的支配力を失い、代わって勢力を張っていたのは、闇市を基盤にのし上がった武田組であった。そこへ、グレン隊の安藤組が割り込んで来て、武田組を片隅へ追いやり、渋谷をほぼ掌中におさめる。その経緯はすでに見た通りである。

しかし、組長を初め、幹部の目星いあたりをあらかた引っ張られた安藤組は、にわかに弱体化して、それまで彼らの天下であった渋谷に一種の空白状態が生じた。逼塞《ひっそく》していた地元勢のうち、相対的に力においてまさる武田組が、ここを先途と失地回復に乗り出し、同時に、よその土地に根を張る暴力団のいくつかが、渋谷への勢力拡大を狙って、じわじわと浸透を始める。

前掲の記事は、そうした渋谷における暴力地図の急激な変化に着目したもので、時宜を得てはいるのだが、このシマをうかがう外部勢力として名を挙げられた団体は、実際の姿にそぐわない。その最たるものは稲川一家で、これに次ぐのが町井一家であった。

警視庁暴力取締渋谷地区本部は、翌月七日、第二次一斉手入れを行い、暴力団関係者四十五人を逮捕した。そして、十一月一日、暴力取り締まり強化と併行して設置を急いでいた捜査四課を発足させた。

課長以下、係長二、警部五、警部補十一、巡査部長十九、巡査三十二、雇員七の計七十七人で構成される捜査四課は、暴力取り締まりのための専門捜査機関であり、そのスタートは、敗戦による治安力の低下を補う形で生まれた警察とヤクザの野合が、公権力の側から過去のものとして正式に清算されたことを意味していた。

横井襲撃の謀議の中心にいなかった花形は、安藤、志賀、千葉の三人が殺人未遂に問われたのにくらべ、久住呂、浅井とともに殺人未遂幇助ということで刑が比較的軽く、一審の判決が言い渡された十二月二十五日の翌日、保釈が認められて、夜を渋谷のネオン街で過ごす。

当時、クリスマスの前後は、キャバレーなど風俗営業の終夜営業が許可されており、「戦後」を脱した社会全般の過度ともいえる消費志向を反映して、どこの盛り場も酔客でごった返していた。「天に星、巷に反吐《へど》のクリスマス」の川柳は、戦時中から久しく続いた欠乏に対する反動の世相を諷刺したものだが、ともあれ、日本経済はやがて訪れる高度成長に向けて離陸《テイク・オフ》しつつあり、それを表徴する巷の賑わいなのであった。

その中に身を置いて、花形に破滅の予感があったかどうか。客観的には、安藤組の壊滅を策する警察の攻勢を前面に、渋谷の奪回あるいは奪取を企図する他の暴力組織の圧力を背後に受けて、苦境に立つ身であった。

翌三十四年に入ると、渋谷では暴力団のあいだの抗争が表面化した。

二月十八日夜、宇田川町・円山町一帯に進出して来た武田組の下部組織、夜桜会の二人を、安藤組の若い衆六人が、日本刀などの凶器を持って宇田川町の「渋谷パレス」の裏側で待ち受け、乱闘寸前になった。通行人からの通報で警察がかけつけたため、双方とも逃げて衝突は回避されたが、渋谷に不穏な空気は拡がる一方であった。

渋谷署は、内偵の末、三月九日までに双方八人を凶器準備集合罪の疑いで検挙するが、今度は武田組と銀座をナワ張りにする町井一家のあいだで紛争が持ち上がる。

四月五日、円山町の音楽喫茶「リンデン」で、町井一家の下部組織である竜虎会の少年K（十八歳）ら六人が、店にいた武田組夜桜会の少年I（十八歳）ら五人に「うるさい」といんねんをつけ、それがきっかけとなって、近くの空き地で双方十一人が入り乱れての乱闘が始まった。その際、Iが持っていた登山ナイフでKの内股を刺し、全治一カ月の負傷を負わせる。

竜虎会がこの仕返しをしようと動き始めたことを知った夜桜会会長石井寿（二十一歳）は、子分を指揮して日本刀、出刃包丁、木刀などを準備させ、総勢十人で上通り四丁目の武田組事務所に集合した。その情報をキャッチした渋谷署が両派の手入れを行い、衝突を未然に防いだが、警視庁第三機動隊一個中隊三十五人が毎晩、警戒のパトロールをしていてこの騒ぎである。

そのような状況の中で、花形が萎縮していたかというと、そうではない。かえって、粗暴さを露わにする。

六月二十日の午前二時ごろ、花形は仲間数人を引き連れて、車で円山町のバーに現れた。店の経営者が満席を理由に入店を断ると、仲間の一人の西原健吾が、腹いせに立看板を叩き割った。

通報を受けた渋谷署は、現場付近で花形をつかまえて署へ連行する。取り調べを始めようとすると、花形は、「事件に関係ないから帰るぞ」と立ち上がり、押しとどめようとした警官三人に殴りかかって、そのうちの一人に全治一週間のけがを負わせ、公務執行妨害の現行犯でブタ箱に拋り込まれた。

それでなくても警察に目をつけられているのに、警官に暴行を加えたりしたらどういうことになるか、本人にわからないはずがない。彼は、周囲のだれもが認める、頭のいい男なのである。その彼があえてそうした振る舞いに及んだのは、持ち前の反発心に加え、落ち目の自覚があったからではなかったか。

スネに傷を持つ暴力団員は、警察に対して、むしろ一般市民より従順である。花形もそれまで警察で暴れたことはない。追い込まれつつある状況の中での警官相手の暴行は、屈服を知らぬ男という自意識の表現というより、内心の苛立《いらだ》ちを示すものであったと思われる。

渋谷署の暴力取り締まりはさらに強化され、六月二十七日までに安藤組十五人、武田組六人、落合一家四人の二十五人が脅喝や傷害などの疑いで検挙された。数字が物語る通り、最も大きい打撃を受けたのは安藤組である。それでも残党たちは悪あがきを続けた。

八月五日午前十時ごろ、武蔵小山付近の愚連隊、鹿十団に属するトビ職が三人連れで、栄通りの屋台からトウモロコシを買い、「焼き方が足りない。焼き直せ」と注文をつけたことから口論となり、屋台の仲間らしい十数人に袋叩きに遇った。三人は恋文横丁の入口で倒れ、通行人の通報で病院に運ばれる。そのうちの一人が頭内出血で死亡した。これが安藤組の仕業とわかって、事件に関与した幹部の三崎ら十人が逮捕され、組織はさらに弱まった。

十一月の末、大幹部である花田が、走っている車にわざと自分の車を接触させ、言いがかりをつけて十七万円を脅し取った疑いで、渋谷署に逮捕された。十二月二十五日、安藤組の五人が、債権取り立てで知り合った会社専務に花田の保釈金を要求し、断られるとドライブ・クラブの車の中へ引きずり込んでピストルで脅し、無理矢理、十万円の小切手を書かせた。被害者の訴えで、二十八日にその五人が渋谷署につかまる。

これと前後して、同じ月の二十四日、花形は子分の出所祝いに十数人を引き連れ、宇田川町のキャバレー「クラウン」に押し掛け、「飲み代を貸してくれ」と経営者に掛け合ったが拒絶され、「お前の店を潰すか、安藤組が潰れるかのどっちかだ」とすごんで、またまたブタ箱へ入れられた。

十万円の保釈金がままにならないことといい、膝元の渋谷でツケを断られたことといい、どちらも安藤組の凋落ぶりを物語っている。

昭和三十五年十月に横井事件の控訴棄却で下獄した花形が、刑期を終えて出て来たとき、渋谷から安藤組の昔日の勢いは完全にかげをひそめていた。安藤ら主だったメンバーはまだ刑務所にいて、幹部で頼りになるのは、西原一人である。絶頂期に、正確な数はわからないといわれたほどたくさんいた組員も、五十人を割っていた。

昭和三十六年六月一日、警視庁は安藤組幹部森田雅ら二十七人の逮捕を発表する。森田は横井事件で懲役が確定した後、潜伏して、収監状が出されていたが、子分二人を使って横浜からヘロインを仕入れ、渋谷で売り捌かせていたのである。逮捕者のうち十三人は売人で、十一人が中毒患者であった。

安藤が組員に覚醒剤さえ禁じていたことは、すでに述べた。その掟《おきて》に反して、森田らがヘロインにまで手を出したのは、組織の崩壊を何より雄弁に物語っているといえよう。

稲川一家は南平台に前進基地にあたる事務所を設け、渋谷ににらみをきかせていた。その事務所を預かるKと花形が、偶然、喫茶店で鉢合わせし、険悪な空気をかもし出したことがある。どちらも数人の身内を従えていて、その手前もあり、退くに退けない場面であった。

「あれが元気なころの敬さんだったら、ものもいわずに殴り倒している」

と、現場に居合わせた安藤組の一人はいう。両者は対決を避けて右と左に別れた。組長代理に押し上げられた花形は、はたが不審がるほどかわった。絶対に下げたことのない頭も、街の旦那衆の前に垂れた。酒を飲んで暴れることも、まったくなくなった。

「組織を預かる責任感が、そうさせたんです。われわれで花形さんをかついだんですが、責任を持たせたことが、結局、寿命を縮めてしまった」

と悔いるのは、彼に忠誠を尽くした池田である。

稲川一家が勢力を拡張する一方、町井一家も渋谷への浸透ぶりを目立たせていた。そうした中で、安藤組の一人が、町井一家の若い衆といさかいを起こし、相手を練兵場跡の空き地へ連れ出して、刃物で顔と腸をめった斬りにした。やられた側の町井一家は当然、報復しなければおさまらない。その場合、つけ狙われるのは、安藤組を現に代表する花形である。

花形は難を避けるため、渋谷を引き払って、二子多摩川の橋を渡り切った先のアパートの一室にこっそり居を移した。だが、町井一家側は安藤組の事務所前に張り込みを続け、尾行でそのアパートを突き止めたのである。

昭和三十八年九月二十七日午後十一時すぎ、アパートの手前約三百メートルの道路わきに運転して来た車を駐め、ドアを開いて降り立った花形は、それに並ぶ形で駐車していたトラックの陰から現れた二人に、両側からはさまれた。

「花形さんですか」

「そうだ」

その次の瞬間、二人は同時に右と左から、柳葉包丁を花形の脇腹に突き立ててえぐった。花形はアパートの方へ二百メートルほど走って逃げたが、力尽きて昏倒し、その場で絶命した。生涯で初めて敵に背中を向けたとき、彼の三十三年の人生は終わったのである。

「負けた喧嘩はこわくないんです。それきりですから。勝った喧嘩は、跡始末が難しい。一言でいうと、花形さんに金があれば、殺されなくて済んだ。話をつけるだけの金が、花形さんにはなかったんですよ」

と池田はいう。

焼け跡は、腕一本の世界であった。だが、そこにビルが立ち並んだとき、暴力団の世界も力学がかわっていたのである。

稲川一家は、世界の黒幕、児玉誉士夫と結びついていらい、急速に力をつけたとされている。東声会と名称を改める町井一家も、これにならい、やがて、日韓の裏側の橋渡しへと進む。

政界の暗黒部分と結ぶか、あるいは財界のはらわたにくらいつくか——遅ればせながら安藤が組織の拡大のために考えた道筋は、それであった。つまりは、愚連隊からの脱皮であり、本格的ヤクザへの転身である。

しかし、「経営マインド」を決定的に欠いた花形は、そうした方向につゆ関心を示さず、あくまでも素手一本の喧嘩に男の誇りを貫こうとした。

転身をはかろうとする安藤にとって、相も変わらず、他の組織の親分を呼び捨てにするような花形の存在は、ときに迷惑であったろう。「戦後」は過去へ送り込まれ、ヤクザの世界にも「秩序」が求められていたのである。花形は、その中での異端であった。

ヤクザは、本来、社会の異端者のはずである。花形は、その世界での「正統」を歩こうとして、人生を縮めたともいえようか。

花形の死を安藤は獄中できいた。そして、出獄から間もない三十九年十一月七日、今度は西原が稲川一家の組員に射殺されて、ついに安藤組は解散へと追い込まれる。時代にとって、花形敬のたどった軌跡は、ほとんど目立たなくなった古疵のようなものである。

花形には、千鶴子に去られた後に結ばれた年若い妻がいた。刺客に襲われた日、彼はその妻に頼まれて、渋谷のアパートへアイロンを取りに寄り、それを持ち帰って来たのだという話を取材の過程で聞いた。

彼もまた、世に台頭したマイホームの時代風潮と無縁ではなかったということであろうか。交わりのなかった千歳の後輩であるが、私は先輩、花形のために、そうは思いたくない。

そのような最期は、本人にとって不本意であったに違いないからである。さらには、彼を終生の異端として位置づけることにより、そこに仮託して、小さな枠組の中での安定と引き替えに、良民と呼ばれるわれわれが売り渡した多くのものについて、考え続けたいと思うからである。

解説　背中合わせの戦後史

野村進

花形敬は、いったいどんな顔をしていたのだろうか。

この本を読んだ読者なら、誰もが知りたいにちがいない。

戦後の混乱期に、ヤクザの中でも、喧嘩にかけてはあとにも先にもあんなに強いやつはいないと言われた男。力道山ですら、正面切ってはことを構えたがらなかった男。菅原文太らの主演で何度も映画化され、おのれの腕っ節ひとつで生き抜いた最後のヤクザらしいヤクザと呼ばれた男——。

私が本書を初版で読んだ四半世紀前には、彼の顔を知るすべがなかった。そのとき想像していたのは菅原文太ではなく、陳腐ながら高倉健のような顔である。

今という時代はおそろしい。インターネットで検索すれば、花形敬の顔写真はおろか動画すら簡単に見ることができる。

「おそろしい」と言うのは、それが想像をふくらませる自由を、いとも呆気なく奪い去ってしまうからだ。「想像」を「幻影」もしくは「妄想」と言い換えてもよい。

その動画は、本書でもとりあげられている「横井英樹東洋郵船社長襲撃事件」のあと、花形が逮捕・連行されていく短いニュース映像である。報道陣の質問に、「なんでつかまったかわかんないね。逮捕状見てないからね、おれ」と早口で答える場面も映し出されている。当時は、たとえば今のフィリピンと同じように、逮捕後の取材も可能だったのだと一瞬感興を覚えるが、初めてまのあたりにする花形の顔は、高倉健とは似ても似つかぬ代物であった。「疵」はたしかにある。左頰に一筋、斜めに。だが、それも思ったよりはきれいな疵だ。私は、もっと凄絶なスカーフェースを想像していた。

しかし、なによりも違ったのは、花形本人の表情としぐさ、そしてその声である。ひとことで言うと、「いかにも」なのである。白黒の画面なので断言はできないが、おそらくは白色のスーツとパナマ帽、それに本書でもしばしば言及されているトレードマークの縁なしメガネ。夏なのだろう、扇子を広げ、身振り手振りも大きく、なにやら虚勢を張っているかに見えなくもない。声は高く、上っ調子でさえある。

この花形と、著者は地元中学の同窓であった。敗戦直後、東京・世田谷の府立千歳中学校（のちの都立千歳高校）で、花形の二期下に在籍していた。伝説の不良の噂こそ耳にしていたものの、姿を見たことはない。だから、著者自身、かつては「想像」上の花形像をつくりあげていたはずだ。それが「幻影」や「妄想」にまでふくれあがらなかったのは、新聞記者出身の著者がノンフィクションのオーソドックスな取材を積み重ね、花形の人物像を再構築しようとしたからにほかならない。

著者は、それまでにも「吉展ちゃん誘拐殺人事件」の犯人・小原保（作品では『誘拐』）や「金嬉老事件」のキム・ヒロ（『私戦』）ら、犯罪にかかわる人物を主人公とした作品を発表してきた。彼らに対するのとまったく同じ姿勢が、本書でも貫かれている。

つまり、自分もひとつ間違えば、彼らと同様の道を歩んだかもしれないとの切実な感慨である。それがなぜ、法の垣根を隔てて、向こう側とこちら側とに分断されてしまったのか。その岐路と、以後の破局に至る道程を、彼らが生きた時代を描きながら綿密に辿っていくところに、著者の真骨頂がある。そして、彼らとのいわば〝地続き〟の感覚は、著者から終始失われはしないのである。

この地続き感は、本書にことさら色濃い。同じ時代に同じ場所の空気を吸っていた奇遇からか、著者のノンフィクション作品としては珍しく、自らの生い立ちと家族の描写に、相当の紙幅が割かれている。その上で、自身と花形とを分けたものを「風のいたずらのようなもの」と、いささか虚無的に回想している。その意味で、本書は〝極私的〟な戦後史とも言えるのである。

私は、黒澤明が昭和二十年代半ばに撮った『野良犬』との相似を、しばしば感じていた。

ある夏の日、新米刑事が満員バスの中で、ピストルをスリに盗まれる。ピストルは仲介業者を経て、誰かの手に渡り、強盗殺人事件が起きる。かくして、若き三船敏郎が演じる刑事と、『酔いどれ天使』以来の名コンビになりつつあった志村喬のベテラン刑事とが、見えぬ犯人を追い求めて、炎天下の東京を這いずり回るはめになる。

戦後まもない闇市がそのままロケの一部に使われており、たぐいまれな臨場感を醸し出している。闇市には「東京ブギウギ」が流れ、ヤクザや街娼や浮浪児がたむろする。その真上に照りつづける太陽は、人々の欲望をもぎらぎらとあぶり出すかのようだ。

犯人は、最後の最後になって、ようやく姿を現す。兵隊あがりの飢えた青年である。彼は、復員列車の中で虎の子のリュックを盗まれ、自暴自棄となって犯罪に手を染める。ところが、彼を追い詰めていく若き刑事も、同じく復員列車で盗難に遭い、それがきっかけとなって犯罪との戦いに身を投じたのだった。追う刑事と追われる犯人とが、実は背中合わせの存在だったことが、鮮やかに浮かび上がるのである。

本書の時代背景も、『野良犬』とほぼ重なり合う。くだんの『酔いどれ天使』(デビュー したばかりの三船が、結核に冒された三下ヤクザを鮮烈に演じた)を花形も当然観たはずだと、著者は推測している。執筆にあたって、著者が『野良犬』を意識したかどうかはわからない。ただ、著者と花形もまさしく背中合わせの関係にあることが、本書には通奏低音のごとく流れている。

かく言う私との接点も、ないわけではない。

三十年余り前、フィリピンに留学していたとき、私はあるボクシング専門誌の通信員のアルバイトをしていた。そのおり、花形が属した安藤組の安藤昇と懇意にしていた元・組員の知遇を得る。関東のヤクザのあいだでは、「ほとんど伝説のようになっている」(安部譲二)人物であった。イニシャルをとって「K氏」としておこう。

K氏は、マニラ在住のボクシング・プロモーターになっており、世界タイトルマッチを含む日本人選手とフィリピン人選手との試合をたびたび組んでいた。日本からボクサーを伴ってきたマネージャーやトレーナーで、その世話にならなかった人間はまったくと言ってよいほどいないだろう。

なぜかK氏は、二十代初めの風変わりな留学生だった私に好意を寄せてくれたらしい。彼がマニラの歓楽街で経営していた高級クラブに、私がボクシングの話を聞きたくて訪ねるたび、日焼けした精悍な顔を少しほころばせて迎え入れてくれたものだ。その頬にも、刃物で切られたらしい深い傷跡があった。K氏が、なぜ日本のヤクザの世界を離れフィリピンに渡ったのか、またいかにしてマニラで地盤を築いていったのか、そのことを直接聞く頃合いを私はついに見いだせなかった。

K氏の傷跡は、花形の「疵」に間違いなく繋がっている。花形と著者がそうであったように、K氏と私も、フィリピンとボクシングという同じ接点を持ちながら、なにやら背中合わせの間柄だったのかもしれない。

K氏が花形を知っていた可能性は、きわめて高い。すでに〝枯れた〟雰囲気を漂わせる中年の紳士になっていたK氏なら、私が「いかにも」と感じた花形の人物像の、見た目ではわからない深いところを語ってくれたはずだ。しかし、その機会はもう訪れない。

マニラからK氏が病死したとの報が届いたのは、つい数年前のことであった。

（文中一部敬称略）

この作品は一九八三年十二月、文藝春秋より単行本が刊行され、一九八七年四月同社より文庫化されました。

また、二〇〇二年四月、旬報社刊『本田靖春集3』に収録されました。

なお、本書のなかには今日の人道的見地から不適切な語句がありますが、差別を意図して用いているのではなく、また著者が故人であるために原文通りとしました。

今回の文庫化にあたっては、文春文庫版を底本とし、本文中に記載のある名称・肩書などは、底本どおりとしました。

ちくま文庫

疵《きず》——花形敬《はながたけい》とその時代《じだい》

二〇〇九年八月十日　第一刷発行
二〇二四年二月五日　第五刷発行

著者　本田靖春（ほんだ・やすはる）

発行者　喜入冬子
発行所　株式会社　筑摩書房
東京都台東区蔵前二―五―三　〒一一一―八七五五
電話番号　〇三―五六八七―二六〇一（代表）
装幀者　安野光雅
印刷所　中央精版印刷株式会社
製本所　中央精版印刷株式会社

ISBN978-4-480-42625-3 C0195